安達與島村 2

入間人間
插畫／のん

Kadokawa Fantastic Novels

島村 前往健身房
「妳父母叫什麼名字？是哪個人？」
「我覺得那和這件事沒有關係。」
「這樣啊。」
「因為不知道誰說的才是正確的，所以為了決定誰才是正確的一方，就來比賽吧。」
「比賽？」
「如果我贏了，那就代表我才是正確的，到時還請您嘗試在孩子的面前當一天好母親。」

「不能……去島村家念書嗎？」
「咦～可是我家到處都是灰塵，很髒耶。」
「那去安達家呢？」
「我家？」
「我家的話有點不方便……」
「啊，或許我自己也不方便過去吧。
好啊，那就去我家吧。不過有很多灰塵，很髒喔。」
安達Q

安達思考中聖誕節進行中
「妳常常來嗎？」
「嗯～算是吧。」
「感覺喝了身體會很暖和。」

島村思考中　聖誕節進行中
「在公園裡面丟著玩，然後叫對方去撿回來這樣。」
「我想那應該是飛盤吧。」
「總之就先試一次吧。」

01 00

白色相簿
「哎呀？」
「唔……手感有些不太一樣。」
「妳在說什麼？」
「我有時候也會在家裡和妹妹玩空氣曲棍球。」

入間人間
插畫／のん

安達與島村 2

Kadokawa Fantastic Novels

島村 前往健身房

『妳會做仰臥起坐嗎？』

在出門前不久我寄了一封這樣的郵件，過了差不多兩分鐘以後便接到安達打來的電話。我邊把運動背包重新揹好，邊接起電話。從房間裡窺看走廊，還能看到母親在走來走去，從這點來研判，距離出門應該還需要點時間。我接起電話後聽見了安達的聲音。

『妳剛才那封郵件是什麼意思？』

「咦，就是字面上的意思啊，問妳會不會做仰臥起坐這樣。」

我靠在門旁的牆上問她這個問題。因為也不是什麼非得要打電話問的問題，所以她打過來讓我有點困擾。我沒有先想好要和她說什麼。要打電話給別人的時候，我都會不小心先去思考要跟對方說什麼，但是曾經有人對我說過這樣的想法很奇怪。這樣很奇怪嗎？

『仰臥起坐？嗯……』

安達的聲音變得遙遠。等了一小段時間後，她的聲音又回到了耳邊。

『成功了。』

安達如此向我報告，看來她跑去測試自己能不能做仰臥起坐了。該說她很老實，還是該說她很正經呢？

『呃……我做到了，所以呢？』

「那還真是厲害。」

我夾起電話為她鼓掌，不過心裡卻想著「什麼嘛，原來她會啊」，對於沒能找到同伴覺得很遺憾。

「其實，沒有人幫我壓住腳的話我做不出來耶。」

『是嗎？』

「是啊。」

我隔著衣服摸起我的肚子。雖然沒有贅肉，可是連帶地也完全沒有肌肉。

反倒覺得平常都沒意識到鑽入被窩睡著以後是怎麼起來的這點很不可思議。順帶一提，我妹就做到了，還做得很輕鬆……畢竟我胸部比她大嘛。

『這樣啊……就這樣？』

「嗯，就這樣。那先掛斷了。」

我掛斷電話。剛才的對話是怎麼回事？在掛斷電話之後，我才開始覺得這段對話很莫名其妙。

是不是應該再和她多聊點什麼才對？可是也沒什麼好聊的。安達也不多話，我想這樣只會增加彼此沉默的時間而已。而且，我接下來還必須要出門。

簡直就像在找藉口一樣，而我也無法理解自己感受到的這股內疚感是從何而來。大約在我覺得說不定根本就沒這回事，而且被這種真相不明確的事情弄得心裡七上八下的也有點生氣的時候，就聽到有人對我說：「差不多該走囉～」所以，今天下午我要被母親帶去健身房。雖然講法有點奇怪，總之我卯足幹勁從家裡出發了。

未滿十八歲就無法成為運動健身房的會員，但如果想要一日體驗的話，好像也只要帶著體驗券來就沒問題了。我的母親是健身房的會員，她似乎可以用優惠價買體驗券的樣子。不知為何她給了我一張體驗券，所以我也決定去體驗一次看看。

而我想去體驗也沒什麼特別的理由，真要說的話就是去打發時間。就算待在家裡，除了陪妹妹玩或是讀書以外也沒其他事情可做。於是我決定，與其把剩下的時間拿來發呆，還不如拿去動動身體。雖然只運動一天也不會有什麼變化就是了。

家裡只有一台腳踏車，不過因為被說不能雙載，所以就由父親開車載我們前往健身房。我們通過商店街那邊的大橋之後，又經過市內運動場，大概從這時候開始能看見一塊藍白色的招牌，配色讓人想起寶礦力水得的招牌上用英文寫著健身房的名稱。對街的左手邊有一座停車場。右邊健身房入口前雖然也有停車場，但那邊已經停滿了車。左邊的停車場也幾乎停滿了。與其說是很受歡迎，更像是有很多閒人的感覺。

車子在入口前停下，而我跟坐在副駕駛座的母親下車之後，父親就立刻將車開走了。就算母親邀他來，父親似乎也不打算一起來鍛鍊身體的樣子。他的理由好像是「公司健康檢查

沒有檢查出任何毛病，所以沒關係」。不過重點是在這兒嗎？

「好了，要走囉。」

母親一邊不斷轉動著自己的右肩，一邊呼喚我。我說了聲「好啦好啦」便跟在她身後走去。

我用的是母親以前用的運動背包，上面有很多髒污跟傷痕，而背包邊邊已經破舊得像是彈性疲乏的橡皮繩一樣了。我提起那個邊邊，走進健身房。

從入口的自動門進去不遠處就是櫃台，那裡有兩名櫃台小姐，都穿著白色的外套。母親向其中一名櫃台小姐出示會員證，我則出示體驗券。以這些作為交換，櫃台小姐遞給我們附有鑰匙的藍色手帶。手帶有各自的編號，我拿到的編號是83。看來這是置物櫃的鑰匙。雖然稍微思考了一下83這個數字會不會讓我想到什麼，不過我沒有想到任何有關的事物。而且這也不是和自己很有緣的數字。

「要向您做館內的說明嗎？」櫃台小姐如此向我詢問，但是我說聲「不用了」回絕她。我懶得呆站著聽她說明。

往櫃台左側繞進去，便看到裡面的玻璃窗後面有網球場。不曉得是不是正在練習，場上的中年阿姨反覆打著黃色的球。而看著她練習、似乎是朋友的人們，也是一群阿姨。順帶一提在離我們更近的地方，坐在我眼前那些用環狀方式擺放的紅色沙發上的人們，也全都是大叔和阿姨。這時我才發現視線所及的盡是中年人或是老年人。雖然不會有十幾歲的人可能是理所當然，但連二三十歲的人都幾乎沒看見。就和母親所說的一模一樣。不知道這裡的會員平均年齡是幾歲。

我從泳衣和網球用具的販賣專區中間走過，來到鞋櫃並脫下鞋子。母親她丟下了我，自行迅速離去。她就是這種人。她天生就是會站在遙遠的前方向人招手的個性。

我打開位在左邊的83號置物櫃，將鞋子收進去。接著我爬上樓梯前往二樓，隨即便有各式各樣的器材映入眼簾。這裡有許多黑色的運動器材，非常有健身房的感覺。

十台室內跑步機沿著牆壁並排擺放著，每一台都以不同的角度及速度在運作，而在上頭跑步的中年人們正揮灑著健康的汗水。順帶一提，每一台跑步機上都有裝設一台電視，畫面中播放著午間連續劇。裡面特別隔出的房間當中也有一群阿姨在做有氧運動。我不理會他們，往更衣室邁進。途中我也感受到老爺爺們的視線集中在我身上，讓我很想對他們說一句「怎樣啦」。

我把運動背包放入更衣室的置物櫃，接著在換上自己帶來的運動服之後，把頭髮輕輕綁在後面。我刻意在往來的時候無視放置於路上的體重計，迅速通過它前面。母親明明比我先進到更衣室卻還在換衣服，我告訴她我先走一步以後便走到了外面。

我回到放有運動器材的二樓，稍微看了一下發現右側較裡面的地方鋪著墊子，一旁還備有各種尺寸的球。也有人用腳夾住其中一顆球，左右擺動著伸直的雙腿。腋下似乎會很痛。莫名覺得日野會很擅長那種動作。

在二樓也有襯衫、墊子等物品的販賣專區。一有空隙就想趁機推銷商品，這種強韌商業精神實在令人佩服。我深深覺得，自己從來沒有堅持成這樣過。

該做什麼運動才好呢？我停下腳步環視四周，正巧有人離開了室內跑步機。我心想凡事總是要試試看才會知道好壞，於是踏上了跑步機。隨便設定了一下之後，機器開始發出嗡嗡的運轉聲，我也開始跑起步來。但我馬上又放慢步調改用走的。持續了約五分鐘左右便覺得這樣行不通而停下機器，走了下來。

雖然側腹痛到感覺不舒服，不過我還是虛張聲勢地表現出很鎮定的樣子。

「啊～跑得真愉快。」

「傻瓜。」

我的頭被不知何時前來的母親敲了一下。大概是有鍛鍊過有差吧，她還用上了手腕的力量，挺痛的。

「難怪妳在學校的成績會這麼糟糕。」

母親做出假哭的動作。明明穿的是短袖的運動服，而且也沒有可以拿來擦的東西，卻連用衣袖拭淚的動作都演出來了。不過學校成績跟我的體力不足到底哪裡有關係？是毅力的問題嗎？

「這裡難得有年輕人來，就再表現得更像樣點吧。」

「這跟年齡完全沒有關係吧。」

我看向周圍，發現有位被稱為老爺爺也不為過的老人正使盡全力地在舉著槓鈴。

「妳從以前就是個懶惰鬼啊……應該是，嗯。」

這個做母親的怎麼會連自己女兒以前是什麼樣子都記不太清楚啊……不過，我自己也沒辦法向別人說明以前的我是什麼樣子就是了。就算記得一部分，但詳情早就忘了。

但我很確定我不是會被老師在聯絡簿上寫一些特別事情的小孩。在畢業紀念冊上有老師對每個學生寫一句評語的專欄，而我是在這種時候會讓老師很煩惱要寫什麼的小孩。結果，我也不記得老師當初到底寫了什麼。

「這種的要像這樣做才對。」

母親在我之後走上室內跑步機。她把傾斜角度弄得很陡，很有氣勢地跑了起來。不曉得她能持續這樣全力奔跑幾分鐘。因為很有趣，所以我決定在一旁觀望。

「話說回來，妳有乖乖去學校嗎？」

母親一邊跑步一邊向我搭話，還順便操作了一下電視。這人還真忙啊。

先不管那個，她還真是丟了個麻煩的話題出來。

「我不是每天都有穿制服出門嗎？」

「但妳不一定是去學校。」

母親瞇起雙眼，眼神變得不懷好意。被這樣的眼神盯著看，差點就承認了是自己不好。

明明我就有去學校，並沒有說謊。這就是母親所帶給人的壓力嗎？

「我有乖乖去學校啊。」

我靠在室內跑步機的把手上假裝要看電視，移開目光。

我沒什麼機會能和母親兩人單獨說話。我也沒有特別想要兩人獨處的時間，而且我討厭這段時間，討厭到我甚至會心想早知道就不應該跟來。所謂父母就是這樣。

母親依然持續跑著，她用強而有力的跑法穩定地在跑步。她的下巴沒有向上抬起，手的擺動幅度也沒有減少。感覺她比馬上就累得要命的我還要年輕許多。

「不乖乖去學校的話，將來妳會很辛苦喔。而且周遭的人也是。」

看來她好像完全不相信我的說辭。能看透這點，也是因為是父母吧。

「我不是從以前就一直告訴妳，不可以變成會造成旁人負擔的人嗎？」

「我知道。我還記得。」

要開始訓話了。她是為了這件事才會約我來嗎？我想起她曾經開玩笑地對妹妹說「不可以變得像姊姊那樣喔～」讓我沒來由地笑了出來。

這種情況可以用某句話來形容，說是還會被人擔心時就是怎麼樣的。實在是很有道理。

雖然我能理解，但我並沒有放棄青春期到光憑道理就能信服的地步。

我用頭輕頂室內跑步機，利用反作用力離開。

「妳要去哪裡？」

「我去隨便運動一下，然後去游泳池。」

「妳這沒骨氣的傢伙。」

我向仍在跑步的母親揮了揮手以後，便逃離了這裡。

原本我就是聽說健身房裡有游泳池，想說去悠哉地漂一下才會跟著來。

接著我就一如剛才在樓上所做的運動宣言，去隨便運動一下之後就暫時告個段落，回去更衣室。就算沒有很認真地在運動，額頭跟背部也是不知道什麼時候就被汗弄得濕答答的，上臂也很痛。還有，我想讓自己有辦法做仰臥起坐，就不斷去做了些看起來應該對鍛鍊腹肌很有效的運動，所以側腹也很痛。可能是用腳夾著球的時候晃得太凶了。而且我在運動前跟運動後都沒有做伸展操，到了明天搞不好會肌肉痠痛。不，我還很年輕，應該沒問題吧——我樂觀地這麼想，同時也返回了更衣室。

我在置物櫃裡的運動背包裡面找了一下，從裡面拿出泳衣並換上它。說是泳衣，但也只是按學校規定的樣式去買的東西。身為一個已經沒機會和家人一起去海邊的高中生，頂多就只有這件泳衣而已。

我也戴上泳帽。頭髮變得很難塞進泳帽，這讓我實際感受到，自己的頭髮比第一學期的時候還要更長了一點。剛做完有氧運動的阿姨們走進了更衣室，在此同時，我也從別的更衣室入口前往游泳池。才踏出門口一步，就有一股很重的氯氣味撲鼻而來。這裡的消毒味比學校還要刺鼻。明明季節已經接近冬天了，這種味道卻讓人想起夏天。我一邊發出作嘔的聲音，一邊走下階梯。當我走到昏暗的樓梯最底部時，就看見有光線從門後射了進來。

從拉開滑門後走出的第一步開始，就被催促做腳部消毒。腳踝以下都浸泡在消毒水裡，感覺溫溫的。學校的消毒水都很冷，所以這種水溫讓我有些吃驚。在淋過浴以後，我決定先去泳池那邊看看。

「果然有加入這裡的會員真是太好了……哼哼哼，我偶爾也會想到些好點子嘛。」

突然聽到有人講話的聲音，讓我嚇了一跳。附近有個弄得像水泥圍牆一樣的地方，我從上面往下看，發現有一名鼻子上有少許雀斑的年輕金髮大哥坐在那邊傻笑。

而且還是看著在游泳池最右側水道游泳的，那些游泳教室的女生們在傻笑。

唔哇……

明明長相還不錯，可是眼神卻有點詭異。不，與其說是噁心，應該說他那樣像是看著刺眼的東西般瞇起眼，還露出燦爛笑容的舉動本身就很奇怪。

那個大哥可能是察覺到了我的視線，轉過頭往這邊看。唔哇。明明看著小孩的時候，他的雙眼就好像在看著寶物一樣閃閃發亮，但他看向這裡的眼神當中卻沒有半點情感。他雙眼散發出來的，就如同看著窗外那幅已經看膩了的風景一般，覺得很漂亮但是沒什麼特殊感想的光輝。從那有著明顯差別的反應來看，他應該是「非常喜歡小孩」或「變態」這兩種其中之一吧。

「唉呀。」

就像是連看漏了一刻都覺得可惜似的，他又立刻把頭轉回女孩們所在的方向。

應該是變態。還是不要接近他吧。我連忙離開現場，進入游泳池。
游泳池最左側有階梯跟扶手，於是我便順著扶手及階梯走進水中。左邊這裡是步行專用的水道，有一群老人家在這邊徘徊著。看起來也像是某種祭典或是儀式。我混入了那邊的人群之中。
正因為是溫水游泳池，所以水溫並不低。這裡的水溫高到甚至對於運動完後發熱的皮膚來說，會覺得水溫再低一點還比較舒服。我將身體沉入水中，讓下巴以下都泡在水裡。聞不慣的氯氣味來到了鼻子下方。
「……………………」
不是錯覺，我在這裡也受到了眾人矚目。是因為我穿著學校規定的泳裝嗎？還是因為我的年齡？雖然也有人會樂於受到矚目，但對我來說，這只會讓我感到不愉快。我也覺得我有點太大意了。受到矚目的意思，換句話說就是顯得格格不入。這裡並不是我該來的地方。
我維持著沉在水裡的狀態，彎著腰慢吞吞地走路。在隔壁水道游泳的老爺爺超過我時，隨之產生的波浪跑進了我的鼻子和嘴巴裡。接著我便一邊擦臉，一邊伸直雙膝。根本連藏都藏不住。
是不是約安達一起來會比較好呢？但她是會特地來這種地方的人嗎？總覺得似乎不曾在人多的地方看過安達有好臉色。而且好像也不曾在體育課的時候看過她出現在游泳池。
在我混在老爺爺和老奶奶的行列中盲從地跟著走來走去時，我看到剛才的變態大哥跳進

了游泳池。從他選了最右側游泳教室隔壁的那條水道這點來看，該說他很正統派嗎，可以感覺到他很熟練。他戴上剛才戴在頭上的蛙鏡，開始游泳。

喔，游得很快喔，變態。雖然在游泳的盡是中年人和老爺爺，也是讓我這麼覺得的原因之一，不過他看起來格外迅速。他用自由式在轉眼之間內游到了對岸。他毫不停頓地踢牆迴轉之後，再度以自由式保持高速。看他這樣游有點好玩。

不過仔細一看就覺得他的游法怪怪的。總覺得他頸部的角度不太對勁。嗯……我也戴上蛙鏡，原地潛下去觀察。一潛入水中觀察變態的游法，馬上就發現到了造成這股不協調感的真相。

他的脖子一直朝著同一個方向。

噢，原來如此。

他以激烈的動作在游泳時，似乎還是一直看著女孩們的樣子。

看來他打從骨子裡就是個變態。會不會讓他的脖子扭到還對這個社會比較好啊？這世界真是什麼人都有──雖然令人傻眼，但他還是讓我感受到了世界之大。若稍微跳脫自己的視點，換個角度來看這個世界的話，我們一定是一群異端吧。只是自己無法察覺這種異常而已。只是在我們之中，這種人任誰都能輕易看出來而已。還是不要靠近他吧。

在我走來走去的過程中，剛好六個水道中有一個沒人了。我決定逃去那裡。這個水道是用來游泳的，也有標明這裡是短泳專用，但我無視了這點，在水道上漂浮。

我完全沒有想要游泳的意思。我把蛙鏡拉到了眼部以上的位置後，便張開手腳，呈現大字型。

面向天花板的話，自然也不會去在意周圍的視線了。燈光太過刺眼，於是我閉上了雙眼。這麼一來身體被搖晃的感覺就變得很明顯。感覺搖晃自己身體的好像不是水，而是黑暗。

我聽見水花聲中摻雜著母親的聲音。不要給人添麻煩——這是母親最努力教導我的一件事。母親是以給人添麻煩會最先造成家人困擾這部分為前提，如此教導我。

我在這裡漂浮，是否也造成了誰的困擾呢？明明我只是在享受跟重力保持一點距離的感覺而已。在學校蹺課也是一樣，我只是逃離像井底般令人窒息的場所，只是逃離教室而已。就算我不在教室，課程依然會繼續下去，不會有所耽誤。那我這麼做也無妨嘛——雖然我這麼想，但母親所說的「添麻煩」，應該是擔憂我未來會變成沒出息的人的意思吧。沒辦法讓妳永遠都活在家庭的庇護下——就是這個意思。

相對的，現在的我連說「這是我的人生，所以別管我」的權利都沒有。

我一直覺得升上高中之後的自己已經完全可以獨當一面了，但到頭來我仍然還只是個連責任都扛不起的孩子吧。至少從大人的角度來看就是這麼一回事。

睜開眼，戴上蛙鏡。然後更加放鬆身體的力量。

一邊下沉，一邊吐出空氣。吐出空氣，就好像捨棄身體的泳圈一樣。縱使身體越加沉重，卻感覺自己逐漸得到自由。我仰望著吐出的泡沫，同時也下沉到背部會碰觸到游泳池底部地

面的地方。

仰望所見的水面色彩，就好像是會染上地面般蒼藍。

那種顏色會讓我想起安達常喝的礦泉水的標籤，是海洋藍。

不知為何會覺得這些顏色與反射有種崇高感。再搭上水流的聲音，讓人覺得非常舒服。

蛙鏡裡面明明沒有進水，卻感覺好像會因此變得濕潤。

不吐出空氣的話就無法停留在舒服的水底，而吐出空氣的話就不能在水底久留，這令人進退兩難。雖然覺得依依不捨，但因為開始感到呼吸困難，只好浮上水面換氣，卻突然在這時候然被壓了一下腹部，使我再次吐著泡沫迅速向下沉。我用力蹬地，讓自己踩穩，連忙站起來之後便發現犯人正在逃跑。是母親。她現在正一邊發出「哇哈哈哈哈」的笑聲一邊用跑的逃離現場。她撥開水面快速跑向遠方的樣子就像隻河童。呃，雖然我沒看過河童，不過大概就是那種感覺。或是像搞笑漫畫裡的落魄武士。

「妳都幾歲的人了！」

我只罵了這一句，沒有再多說什麼。我也跟隨母親的腳步，離開了游泳池。

脫下帽子之後，我一邊心想接下來該做什麼，一邊決定去游泳池的另一邊看看。那邊有淋浴間和室內按摩浴池，而且還像溫泉一樣冒出了水蒸氣。然後，在門另一頭的外面似乎也有按摩浴池的樣子。我偷看了一下，發現母親似乎正在外頭的浴池裡泡澡，於是我決定不過去那邊了。

在通向外頭的門前面有兩種三溫暖，分別是水霧跟蒸氣三溫暖，從兩邊都可以感受到和三溫暖相稱的熱氣。心想難得都來了，乾脆進去看看，就交互觀察一下看該去哪一邊。不過因為我不曾進過三溫暖，所以也不太清楚該怎麼做。

我拿著要用來墊在屁股底下的藍色板子走來走去，走著走著就有其他人來了。我不經意地看向經過我旁邊往三溫暖走去的中年女性，接著就有某種類似既視感的東西吸引了我的注意，讓我的視線不小心就固定在她身上。接著對方也立刻做出反應，往我這邊看了過來。而且明明只是四目相對而已，她就直接停下了腳步。

不曉得她是不是只打算進三溫暖而已，連泳帽都沒有戴。她的頭髮是黑的，看起來差不多是已經為人母的年齡。

她到底是長得像誰？就在我還在為此煩惱的過程中，對方先開口了。

「真讓人看不順眼。」

相反於她所說的話，中年女性是以開玩笑的語氣向我搭話。這種語氣並沒有讓我聯想到任何人。

「因為這裡都是些老公公老婆婆，所以就算是我這種年紀也會是這裡最年輕的，可以讓我沉浸在一種優越感裡。啊，游泳教室跟網球教室的小學生不算喔。然後，在這種地方又出現了像妳這樣的人。妳懂我的意思吧？」

「喔……」

她說得很快，而且是一口氣講完這段話。換句話說就是看年輕人不順眼——她似乎只是想這樣講而已。

被人當面說這種話還挺新奇的。

「我開玩笑的。不過這裡很難得會有年輕人來喔。」

「我想……也是。」

我在回應她的同時，嘴裡也小小地「啊」了一聲。

因為當我一看見這名中年女性的側臉，圍繞在既視感周圍的迷霧就隨之散開了。

然後在剛從三溫暖出來的老婆婆向她搭話時，我就確定這個想法是正確的了。

「安達太太妳也來啦？不管妳去幾次三溫暖都不會瘦的啦～」

「您真是多管閒事。」

她開朗地和同樣來健身房的人說話。她的姓氏讓我感覺到非常強烈的親近感。

這是在我發現她長得很像安達之後立刻發生的對話。喔喔，命～運～

日本真小。沒想到居然會在這種地方遇到安達的母親。

這就叫做緣分嗎？雖然我也不太會應付自己的母親，但遇上朋友的母親也會有那麼點不知道該怎麼應付的感覺——我如此心想，然後在蒸氣三溫暖室裡縮起身子盯著安達的母親。

安達她討厭聊到父母的事情，幾乎是閉口不提。雖然到了我們這種年紀會幾乎不提父母的事才正常，但我感覺她會這樣的原因，大概不同於我們這種年齡特有的叛逆。我們對父母的叛逆態度中會有微量的熱度，可是安達對父母的感情當中卻沒有溫度，就好像沙子一樣極度乾燥。不過，感覺安達似乎並不知道，那些沙子會因為感情的顯露而結成塊。

「……然後啊，那個教練真的很不會教耶。」

「對啊。另外一個職員還比較會教，而且聲音也不錯……」

安達的母親跟另一個阿姨滿身大汗，相談甚歡。好像是在聊網球的樣子。在說哪個男教練很爛之類的。跟學校女同學在談論哪個男同學的好壞時沒什麼兩樣。順帶一提，對同性的壞話能成為好話題這點也一樣。

安達的母親和女兒不同，很善於交際，而且很喜歡跟人聊天的樣子。側臉的部分除了和年齡相稱的蒼老肌膚以外都跟安達很像，特別是下巴的輪廓，根本一模一樣。因為髮色也很像的關係，如果從遠處看的話搞不好還會誤以為是安達換了髮型。

這間健身房距離安達家有好一段距離。虧她有那個熱情來健身房啊——我就在不清楚這是不是在挖苦她跟某人比起來真是充滿幹勁的狀態下，繼續茫茫然地觀察她。好熱。有如身處盛夏般的體感溫度讓我覺得昏昏沉沉，開始感到頭暈。我原本就很怕熱。但因為安達的母親進來這裡，我也跟著就被一起拉進來了。

「……真的是喔。話說回來，妳家的孩子幾歲了？」

「十五歲，現在讀高一。」
安達的母親被問到這個問題而如此回答。哦～原來安達的生日還沒到啊。
「啊，真好。高中入學考都考完了，很輕鬆吧？」
「還好啦。」
「我們家的今年要考大學……」
我的母親去年是不是也在聊這種話題呢？
「雖然妳說輕鬆，可是我們家的是個很麻煩的孩子，讓我很傷腦筋啊。」
安達的母親笑著說出這句話。她這句話讓我的雙眼擅自動了起來。
她那「麻煩的孩子」的說法，讓我覺得不太舒坦。
「她也不會說自己在想什麼，所以我也搞不懂她。她個性很陰沉，而且又很怕生。」
安達所描述的母親形象很空洞，感覺不到母親的用心。
換句話說，就是實際情形跟母親所說的話完全相反。像這種不去理解小孩在想什麼的母親的模樣，我多少也能夠想像得到。大人總是會馬上忘記自己就是小孩長大後的樣子。
所以——
「那個……」
時常會有明明一點也不想搭話，卻向對方搭話的時候。
「安……您家小孩的狀況……我是不了解，但是我覺得那種說法不太好。」

我說了謊。不，這算說謊嗎？說不定我是無法說出自己很了解她這種話。

心臟劇烈跳動。說得好懂一點就是我在害怕。會怕是當然的。我一邊感受到焦躁感漸漸集中到眼球上，一邊認同自己感到害怕是很正常的這個想法。想要頂撞大人，就需要這麼大的勇氣。

我為勇氣的不足感到非常著急，甚至差點連意識都變得模糊。

我會感覺意識模糊不清，絕對不是因為被三溫暖熱昏所造成。

安達的母親感到疑惑。大概是沒想到我會加入話題吧。

「不就是因為沒有去管孩子，才會變得不了解她嗎？」

安達的母親聽完我的說法，瞪大了雙眼。

難道我說錯了嗎？

我那愛多管閒事的母親，對自己的女兒們也有一定程度的了解。

而那正是因為她有在關心我們。

因此她數落我的時候都能抓到問題重心，還會被我疏遠……相較之下，安達呢？

所以安達母親的那種說法不就是不適當嗎？

「啊，我並沒有想和您爭論的意思。」

在對方開始尖聲叫罵之前，我先開口如此說道。我不覺得自己可以說贏中年人。

我不想做那種沒意義的事情。不過對方聽不聽得進去又完全是另一回事了。

「妳是跟父母一起來的嗎？」
安達的母親如此向我詢問。語氣聽起來比想像中的還要沉穩。
「是沒錯。」
「妳父母叫什麼名字？是哪個人？」
「我覺得那和這件事沒有關係。」
因為這是我自己的意見，和父母一點關係都沒有。
我在安達的母親打算開口說話之前先發制人，開口說：
「我並不會和您談論這件事。」
我再次強調這一點。我不想干涉他人的生活，也不想被他人干涉。
隨心所欲地講完自己無法忍著不說的話之後就逃之夭夭，這就是現在的年輕人。
這麼不負責任的發言明明只要讓它左耳進右耳出就好，但不知道安達的母親是不是有什麼考量，她並沒有採取進一步的動作。她看著我的眼神與其說是對我感到厭惡，不如說有點像是對我深感興趣。我沒有報上姓名，而且她應該也沒有察覺到什麼，不過或許是因為被跟自己女兒差不多年齡的小孩那麼說才會這樣。和她一起進來的阿姨，也在後面以無法理解這個狀況的模樣看著我們。
安達的母親沒有繼續說些什麼，也沒有繼續詢問。但是，她也沒有對我失去興趣。只是一直盯著我看。

她一直保持沉默。如果我不先採取動作，話題就無法繼續下去。只有這點跟她女兒一樣。

「因為不知道誰說的才是正確的，所以為了決定誰才是正確的一方，就來比賽吧。」

「比賽？」

我自己也覺得這理由還真是牽強。但我覺得比起跟對方爭論，這種做法一定會更快。

不過我也不希望以後要一直和安達的母親見面，所以我決定當場一決勝負。

「在三溫暖裡待到最後的人就算贏。如果我贏了，那就代表我才是正確的，到時還請您嘗試在孩子的面前當一天好母親。」

這麼做有什麼意義？具體來說，「好母親」又是什麼意思？我完全不知道。

但要是她接受這個條件的話，明天和安達見面時就會多一點樂趣。

會這麼做就只是因為這點程度的動機。

「妳這是年輕人的一種反抗嗎？」

「沒錯。」

並不是因為我是安達的朋友才這麼做。我把手肘頂在膝蓋上，將上半身向前彎。

我無法分辨順著頭髮流下來的水滴，究竟是游泳池的水還是汗水。決定要比賽可能太輕率了。

果然還是算了——就在我乾脆地如此妥協，打算撤銷這場比賽時，我看見安達的母親也跟我一樣向前彎著身子。現場散發出一種「比賽已經開始了」的氣氛，讓我無法收手。

沒想到她居然會接受一個才剛見面，而且也沒說過幾句話的人的挑釁。
我想起了去打保齡球時提議要比賽的安達。安達家的人或許都很拘泥於輸贏也說不定。
跟她一起進來的阿姨疑惑地歪起頭，很老實地對我們做出「妳們真奇怪」的評語。沒錯，事情會發展成這樣，這怎麼想都很奇怪。明明我也沒有說出什麼要讓安達的母親改過自新的話，只是有點像是在抓她語病而已，為什麼事情會演變成這樣？
總而言之，一場耐力賽就這樣開始了。雖然是場單調到沒什麼好形容的比賽。就只是在跟靈魂伴隨著水氣一起從背上蒸發的感覺對抗而已。就只是這樣。搞不好在游泳池比賽誰游得快，氣氛還會比較熱絡。不過比游泳的話我贏不了的可能性比較高，所以我故意不提議要比游泳。
跟她一起進來的阿姨先行離開了。雖然她有勸我們要適可而止，但耳鳴的狀況稍微變得嚴重了一點，很難聽清楚她在說什麼。安達——人大概在家裡的她應該想像不到這種狀況吧。自己的母親居然跟自己的同學在三溫暖裡做這種幼稚的比賽。
「什麼叫做『好母親』？」
在比賽途中，安達的母親問了我這個問題。她的聲音聽起來乾燥了許多。
我的意識有些朦朧，因此回答問題這個舉動感覺起來比平常還要麻煩。
「我不曾當過母親，所以我不知道。」
「就算只是妳理想中的母親也沒關係，可以告訴我嗎？」

那是什麼？理想中的母親形象？

這種事情怎麼能跟別人說啊。

「我想，只要當個普通的母親就好了。」

「普通的母親是怎樣的母親？」

「……陪陪小孩？一起吃飯？之類的？這種事……我不知道啦。」

在如此定義的同時，感覺又更看不清人際關係這種東西了。我覺得，人際關係只有在無形、飄蕩的狀態下才能維持它的存在。像是跟朋友，還有家人間的關係。就算試圖過分充實這層關係，它的內涵也只會變得越來越空洞。如果刻意讓肉眼看不見的東西顯現形體，那就會失去名為「無法看見」的價值而變質為其他的事物。這麼一來，所看見的事物便會和一開始所期望的相差甚遠。明明也沒有去揭穿事物的本質，人卻會擅自以為那就是其本質，而感到失望。

雖然只相信朋友好的一面也不對，但只去強調壞的一面，並說那就是他的本性這樣也很奇怪。若不讓好壞兩面都維持在不完全了解的狀態下，朋友關係就無法繼續下去。

雖然我想應該不是對我的解釋感到滿意所導致，安達的母親再度沉默了下來。每當汗水滴落到眼皮上她就會皺起眉頭，抖腳的狀況也變得更嚴重了。我也低下頭來忍耐。

大概是在維持這個狀況過了十分鐘左右的時候吧。從進來的時候開始算，累計已經達到二十分鐘了。

「前陣子有個老爺爺進來三溫暖太久，結果昏倒流血了呢。」

「…………………………」

安達的母親開始想辦法要讓我動搖了。這種有點奸詐的戰術，的確很有大人的風格。

「我就故意輸給妳吧？」

安達的母親滿臉通紅，並且面露不自然的笑容提出對我有所讓步的投降。

我不喜歡這種做法。

於是我也在只要講出「麻煩您了」就可以結束比賽的這個狀況下，故意使壞。

「不用故意輸給我沒關係。」

「讓我輸。」

「不讓。」

這什麼對話啊？因為被熱昏了，所以話語變得單調，進而讓對話變得很奇怪。

「我就輸給妳吧。」

「請不要輸給我。」

我們到底在說什麼？就連這個問題的根本也開始變得難以掌握了。

「如果她真的很開心的話啊，我希望她可以老實地說出『很開心』啊。」

她突然轉變話題。安達的母親抬起頭，突出下唇，擺出很奇怪的表情。

「不管帶她去哪裡都不會表達些什麼，也不知道她到底是覺得開心還是不滿。」

「……您女兒？」

「對。」

「那是她幾歲時的事情？」

「五歲吧。啊，應該是四歲。」

安達的母親屈指數著女兒的歲數。安達更小的時候……應該是把現在的安達直接縮小的那種感覺吧？

「不要想那種小時候的事情了，想想小孩現在的情形如何？」

「如果父母什麼事都要唸上一遍的話也只會覺得很吵吧？我自己就是這樣。」

「是沒錯啦。」

雖然不希望父母很吵，但也不希望父母完全不理會自己。

會回應這種任性要求的頂多也就只有父母而已，所以希望他們能夠察覺這種心情。

希望他們能夠察覺孩子心中抱有這種矛盾。希望他們能告訴自己，在小孩抱有這種矛盾的情況下，該如何面對。

「好，差不多該輸給妳了。」

「就說不用了……」

安達的母親站起身來，搖搖晃晃地走向入口。啊，她逃走了。

似乎已經達到極限了。

她在要推開門的時候，先停下了動作，然後緩慢地轉頭看向我。

「我女兒……啊，算了。」

雖然安達的母親看起來好像想說些什麼似地搖了搖頭，但她就在沒把事情說清楚的狀態下逃到了外頭。

我也跟著她離開。就算想回想自己有沒有說了什麼不太妙的話，也只覺得腦袋很痛。

我搖搖晃晃地走到外面，無力地坐上放在一旁的白色椅子，這時候我才發現到一件事。

這場比賽，一直到最後都沒決定如果我輸了要做什麼。

很難想像居然會沒察覺到這一點，於是我開始思考為何沒談到這點的理由。腦袋被熱到意識模糊，根本沒辦法正常地在腦中組織字句，所以也只能得出很含糊的答案。

大概是類似身為大人的自尊心那種感情吧。一定是主張自己有那種感情的某種類似固執的東西，讓安達的母親採取了那種態度吧。

就像那樣。我以小孩的思考模式，假裝自己了解箇中原因。

因為妳昨天很努力了，所以今天休息也沒關係喔——我的身體在對我這麼說。

擅自為肌肉痠痛做出有利解讀的我，從星期一早上就沒待在教室，而是待在體育館的二樓。我躺到地上，一開始覺得有些冰涼。季節確實正在往冬天邁進。

雖然不確定是巧合還是經過了什麼計算，不過安達也同樣在二樓。我們一起蹺課，我還順便借了她的腳。我把安達伸直的腳，也就是大腿當作枕頭躺在地上。安達的皮膚一開始也是很冰涼，但現在已經是非常溫暖。順帶一提，還很柔軟。

「之前是不是也曾這樣？」

「有啊，不過那時候是我的大腿給妳當枕頭。」

「啊，這樣啊。」

我翻了個身。安達並非看著我，而是抬起頭看向天花板。她有些在發呆，嘴巴呈現半開的狀態，不過臉頰卻是泛紅的。然後腳也有些不太對勁。

「妳的腳好像抽筋了，沒事吧？一直在抽搐耶。」

「咦……呃，嗯。這不算什麼。」

安達叫我不用在意。雖然我覺得不太像沒事的樣子——於是我用手指捏了一下她腳部在抽搐的地方，接著她的整隻腳就彈了一下。她的腳因為彈起來而產生坡度，使我的頭因此滑下來，滑到了她大腿根部的裙子上面。之後她的腳回到了原本的位置，但我覺得自己也要回到原本位置太麻煩了，就繼續躺在這個距離安達更近的地方。

我隱約想起了之前安達躺在我腳上的情況。原來如此，的確會有安達的味道——我如此心想。

在這段期間，安達也是一直望著上方。

雖然心不在焉，不過身體感官卻依舊能做出靈敏反應的樣子。

感覺她的樣子很奇怪。我回想起昨天遇上安達母親的那件事，說不定跟那件事有什麼關聯。就是因為那件事所以她才會過來，也是有可能。若是那樣的話，那安達會心不在焉這件事也是我的錯。

安達那張好一陣子沒有主動開口的嘴緩緩動了起來。

「島村昨天都做了些什麼事？」

「就～隨便做些事情啊。像是滾來滾去，或是漂來漂去之類的。」

「漂來漂去？」

安達歪起頭表示對於無法理解的形容感到困惑。我默默隱藏自己去了健身房的事實。雖然我在想安達有可能連自己的母親有去那種地方都不知道，但即使真是那樣，那也不是能拿來聊天的話題。我往上看，接著便發現安達的眼神往旁邊游移。

「昨天啊……」

「嗯。」

「我母親她……變得很奇怪。」

安達簡短地小聲說道。啊～果然是那樣。看來我好像不小心扮演了讓安達變壞的角色。

「妳說變得很奇怪是什麼意思？」

雖然隱隱約約能夠了解到是怎麼回事，但我還是決定裝作不知道。安達用手指梳理著頭

髮，用有些難以開口的語氣說：

「她和我一起吃晚飯。」

「……那樣很奇怪嗎？」

那在我們家是理所當然的事情。妹妹和父親也都會一起吃飯。那對我來說是從小學時就不曾有過任何改變的理所當然，也成了我無法理解安達心中感受的理由。

「很奇怪……也可以說是很懷念？……還有……就是讓我有種快窒息的感覺。」

就如同她不知該用什麼樣的言語表達般，安達不清不楚地描繪著自身感情的形體。看來她無法從感情形體的輪廓上感受到心情舒暢的感覺，只感受到了突兀感的樣子。

「雖然她平常都會煮飯給我吃，但不曾跟我一起吃飯，所以才會讓我有那種感覺。」

「……是喔。」

「而且她也很少待在家裡。」

看樣子她好像遵守了和我做的約定。她的個性意外的還挺耿直。

那種類似誠實的性質也能在她這個女兒身上感受到。她們兩個似乎在某些方面上有著非常相似的部分。

「妳有很高興嗎？」

「沒有很高興。吃飯的時候沒和她說上半句話，整個靜不下心來，讓我都吃不出飯的味道了。」

「那還真是糟糕。」

「然後到了早上又變回跟平常一樣自己吃早餐了。她那樣到底是怎麼回事啊……」

「誰知道……這我也不懂呢。」

我縮起身子來抱起自己的腳，對她撒了謊。安達的母親在那時候一定也和她一樣感到不自在吧。我並不同情任何一方，也覺得這種關係很常見。

頂多就是為自己的多此一舉感到後悔而已。

安達也不會產生任何改變。不過對安達來說，藉由那種少許的不自在而得到了和我——應該說和別人說話的機會，或許才是比較重要的吧。

「……………」

感覺真不可思議。明明從家庭環境來看，我們有可能會是完全相反的人。

像是我和安達跟他人相處的方式。一個是想要和他人保持距離，一個是渴望縮短和他人之間的距離。

……唔……不，或許這樣正符合我們的情況。

越是活在良好環境的人越會不關心自己所受到的恩惠，反之亦然。

大概就是那麼一回事吧。

不過，我也沒有那種想要獨自生活的願望。

再說那根本就是不可能辦到的事情。

以前曾有人說過，若有一個能夠獨自生存的完全人類存在，那麼他就已經超出了人類的範疇……的樣子。記得好像是因為那已經失去了作為人類這種生物的平衡，所以必須當作是別種生物吧。反正我大致知道是什麼意思，而且我也不打算成為那麼無法無天的東西。

所以，我才會像這樣躺在她的腿上。

「啊……」

安達簡短地驚呼一聲。原本看向上方的那雙眼，現在正注視著我。

她似乎是在話題告了一個段落之後，才終於對我在她的肚子旁邊這件事感到驚訝的樣子。安達的身體維持著她受到驚嚇的模樣僵直不動。當我打算把臉稍微往上抬的時候，她就慌張地按住了我的頭。雖然在想她為什麼要這麼做，但我也沒有加以反抗，就趴上了她的腿跟裙子。她裙子的布料摩擦到我的鼻子，有一點痛。

這麼一來本來就不是很高的鼻子又會被壓得更垮了……算了，沒差啦。

我暫時把臉埋進了安達的大腿。這種說法會顯得我好像變成了變態一樣，於是我思考著有沒有其他更好一點的形容方法。但因為開始感到呼吸困難而懶得去多做思考，便覺得被定位成變態也無妨了。

由於放在自己頭上的手移開了，所以我改變了一下躺著的姿勢。轉向側面之後，我就像是浮上水面般稍微調整了自己的呼吸。在不斷重複呼吸時，空氣的味道也跟著逐漸改變，使我輕輕笑了出來。

「的確會有呢。」

「咦？」

「安達的味道。」

我開口承認安達過去的說法是正確的。接著，安達就變得滿臉通紅。這讓我覺得我好像大力打開了安達的開關。順帶一提，她通紅的臉頰顏色和她母親在忍耐三溫暖熱氣時的顏色不同。那時候的是紅色，安達的是粉紅色。粉紅色看起來比較嬌豔。

在我發現那樣的差異的同時，也試著對安達做出了請求。

「安達，妳做一下仰臥起坐給我看。」

「為什麼？應該說，為什麼妳從昨天開始就一直講到仰臥起坐？」

「嗯～沒什麼，只是想看而已。」

我故意把那麼問的理由蒙混過去，並要求她做仰臥起坐。安達在間隔了一段時間之後，才開始動作。

或許是不想讓我發現到她臉紅的事實也說不定。雖然已經太遲了。

安達趴著慢慢移往寬闊的地方。然後便以腳朝向這邊的狀態躺下，很乾脆地開始做起仰臥起坐，而且還連續做了好幾下。雖然她起身的動作很慢，有些遲緩，但她都沒有在中途停下來。在連做五次以後，她就躺在地上，沒有再繼續做下去了。

有種被她展現出了同樣身為蹺課學生之間的差距的感覺。

「嗯……」

我直盯著她看。不曉得是不是很在意我的視線，安達抬起了頭。

安達露出了純真的表情以及反應，讓我忍不住想稍微捉弄她一下。

「怎樣？」

「安達同學，妳的裙子底下全被看光囉～」

雖然根本沒看見，但我還是故意這麼說。接著，安達便跳了起來。

明明只是跟她開個玩笑而已，可是她卻做出了相當誇張的反應。她跳起來的速度，差不多就跟我妹在房間裡看到蟑螂或蜈蚣出沒時一樣迅速。她起身之後重新坐好，並壓住自己的裙子，然後往我這邊瞪了過來。

那樣的舉動再加上她泛紅的臉頰，使得整體情境的構圖變成了是她在狠狠斥責我的模樣。

這樣不就像是我欺負她而讓她生氣了一樣嗎？

「咦，我做錯什麼了嗎？我只是很熱心地告訴妳事實而已啊。」

「妳這是性騷擾。」

我打從出生以來還是第一次被人那麼說。照理說應該會因為性別的緣故，而一輩子都不會被人那麼說才對。

「咦～居然說我性騷擾……有什麼關係嘛，反正也只有我一個人在看而已。」

而且實際上根本連看都沒看到。我一說完，安達就一邊用手指抓了抓自己紅透的臉頰，一邊小聲地反駁。

「被島村看到……會很『那個』耶。」

「『那個』？」

對，就是「那個」——她說完這句話後，就沒有再接著說下去。我不可能會知道「那個」究竟是代表什麼意思。

待這段像是吹著紅色的風的對話告一段落以後，我才轉回剛才的話題去稱讚安達。

「不過妳居然有辦法正常做出仰臥起坐，還真厲害耶。會不會是因為妳騎腳踏車騎了很長一段時間的關係啊？」

「島村就做不出來呢。」

「……哼哼。」

我可以聽得見肌肉發出的哀號。我動著這樣的身體，讓自己仰躺在地。體育館的地板上有著灰塵，還有亮光漆的味道。雖然把背部貼在那種地方上是不太舒服，但望著挑高的天花板就會覺得自己的意識好像逐漸被吸引了過去，漸漸地就不是那麼在意了。

我把手放到頭底下。屈起膝蓋，吸氣，然後把囤積在體內的空氣吐出來。

我的脖子抬了起來。肩膀也稍微抬起來了一點。背部也稍微離開了地面。

脖子好痛。要抽筋了。肚子完全使不上力，逞強造成的影響開始出現了。

開始覺得呼吸困難了。
我放棄了。
「……妳剛才那是在做仰臥起坐？」
安達提出疑問。
看起來只像是在動自己的脖子而已啊——她的眼神述說著這樣的言外之意。
她應該是想說我的腹部沒有出力吧。哎呀，妳說的太正確了啊，安達。
我擅自認定了安達是對的。
我用手撐起身子，露出難為情的笑容。但我沒辦法順利露出那種表情，感覺臉頰快要抽筋了。
會這樣是因為全身各處都感受得到肌肉發出的疼痛。雖然我已經真的很努力地試著要露出難為情笑容了。
「只做一天的話果然不會有任何改變啊。」
安達露出不解的呆愣表情，歪起了頭。似乎是無法了解我在說什麼。
這樣就好。如果她了解我在說什麼的話，接下來就會展開又更稍微複雜的話題。那不需要被拿出來談。
「妳是指什麼事情？」
「嗯～很多事情。」

我用手指往地板上推了一下，站起身子。拍了拍沾在屁股跟背上的灰塵之後，我便往二樓入口的方向踏出腳步。

差不多要到午休時間了。雖然到學校以後就一直在休息，但我覺得再稍微休息一下也沒關係。

所以我打算去買午餐。順便連安達的份也一起買回來。

為了讓自己看起來一如往常，為了讓自己看起來沒有發生明顯的變化。

附錄「社妹來訪者」

往右移動。「沙沙沙——」對方也跟著移動。往左逃跑。「唰唰唰——」對方就跑到左邊擋住去路。

我索性發出「唷——」的聲音用跑的逃開對方，但對方還是一邊發出啪噠啪噠的腳步聲一邊追了上來。為什麼啊～

因為距離家裡很近，所以我就逃進了家裡。確認姊姊的鞋子有擺在玄關之後，我就一邊在走廊上奔跑，同時喊著「姊姊，姊～姊！」衝進走廊盡頭的房間。

房間裡的無腳椅被拿了出來，而姊姊就靠在那張椅子上看著電視。她向後仰，只有頭轉向我這邊。她的頭頂朝下，導致頭髮跟著垂了下來，讓她看起來就像是恐怖電影裡的角色。頭頂朝下的姊姊一副嫌麻煩似地動起嘴唇對我說話。

「啊～？妳回來啦～」

我告訴悠哉打招呼的姊姊，現在不是這麼做的時候。

「有個奇怪的傢伙！」

「嗯～奇怪的傢伙？」

雖然姊姊也很奇怪。

「有一個頭髮像這樣『嘩——』的怪傢伙追過來了！」

我比手劃腳地跟她說明，接著姊姊就從無腳椅上站了起來。

「是變態嗎？妳沒事吧？對方有沒有對妳做什麼？」

姊姊蹲下身子，很難得的露出了認真表情來詢問。

姊姊突然變得很有大人的感覺，讓我有點嚇了一跳。

「呃～有被她擋路。」

「還有呢？像是被摸，或是差點被帶走之類的。」

「嗯～都沒有。」

「那就好。」

姊姊放心地吐了口氣。在緊繃的肩膀放鬆下來以後，她又站了起來。她走出房間，似乎是想要去確認外面那個怪傢伙是誰。我也跟著走在她身後，但她說了一聲「妳不用跟來也沒關係」，想把我趕回房間。但是我必須要告訴她哪個人才是我說的怪傢伙，所以還是跟了過去。

姊姊赤腳走下玄關。「啊～姊姊果然是壞小孩。」「不要說話。」姊姊彎下腰打開信箱往外看。接著她就大大地嘆了一口氣。

「原來如此，的確是個怪傢伙。」

姊姊小聲說完這句話後就伸直了膝蓋，把門打開。咦，這時候該把門打開嗎？

「喂～那邊那個謎樣的小不點，不要在別人家門前做出奇怪的舉動。」

當姊姊出聲這麼說，在家門前走來走去的那個怪傢伙就轉頭看向了這裡。她的身高跟我差不多，穿著毛絨絨的衣服，衣服的帽子像是很沉重似地垂在她的背上。那，要說她哪裡奇怪的話，就是她的頭髮是水藍色的。她綁在後面的頭髮像是蝴蝶一樣，周圍還飄著從頭髮噴灑出來的許多發光粒子，手上還拿著裝有可樂餅的盒子。

「喔！命～運～」

咦，是姊姊的朋友嗎？她看起來很高興似地發出啪噠啪噠的腳步聲往這裡走來。

至於為什麼會發出啪噠啪噠的聲音，是因為她腳上穿的是海灘拖鞋。她不會覺得只有腳很冷嗎？當她走近這裡，她身邊的許多粒子也跟著順勢飛了過來……好漂亮。

「喔喔，原來這裡就是島村小姐的家啊。」

「真是的，還真是有夠容易讓人混淆。」

姊姊捏起了怪傢伙的臉頰。「唔咿～？」怪傢伙的臉頰很有伸展性。

「一直追著我妹到處跑的人就是妳嗎？」

姊姊推著我的背，把我推到前面去。怪傢伙維持著臉頰被拉長的模樣，回答了一聲「為啊～」。姊姊放開她的臉頰之後，怪傢伙就先把頭輕輕晃了一下，再點了幾次頭。

「我才在想她怎麼會發出跟島村小姐一樣的波長，原來是妳的妹妹啊。」

她說了些讓我聽了不是很懂的話。姊姊把手放上怪傢伙的頭頂。

「這個怪傢伙叫做社。雖然很奇怪，但我想她大概不會是什麼危險的傢伙。與其說她是我的朋友……呃——」

「不如說我們是命～運～」

聽不懂。不過她的名字叫做社……因為不是很好叫，就叫她小社好了。

……她也是不良少女！因為她跟姊姊一樣有染頭髮。

「那，妳來這邊是有什麼事嗎？」

「不，完全沒有。不過倒是有吃可樂餅這件事要做。」

小社一臉按捺不住心中喜悅的樣子，把可樂餅拿到自己面前。姊姊上了高中以後也多了一些怪朋友呢。真擔心姊姊的將來。不過之前來家裡的那個人頭髮是黑的，所以應該不是不良少女吧。

我躲到姊姊背後，接著小社也繞過來打算探頭看向我。「唔唔！」我逃開她，她就說了聲「唰唰！」追了過來。為什麼小社會想要追著我跑呢？她這樣就好像是很高興地追著討厭狗的小孩跑的狗一樣。我們兩個以姊姊為中心在繞著圈子。

雖然姊姊有轉動脖子看著我們繞來繞去，但她似乎在途中就開始覺得膩了，而把手放到我們兩個人的頭上。在停下我們的動作之後，她就俐落地從我們兩個之間鑽出去，打算回去家裡。

「妳們兩個小朋友就一起去玩吧。姊姊我要去讀書了。」

「咦咦！」

不……不要丟下我一個人啦～！我抱住了姊姊。「喂，不要抓我的裙子啦！」姊姊用手推我的額頭。小社則是把手扠在腰邊，不知為何擺出了一副很得意洋洋的態度。

「說我是小朋友還真是失禮啊，島村小姐。」

姊姊依然推著我的額頭，並扭身面向小社。

「話說妳到底是幾歲？」

「我想想……」

小社屈指數起了自己的年齡。全部彎下來，又伸展開來。又彎下來，又伸展開來。她不斷不斷地重複一樣的動作。姊姊一開始也是默默地看著，但因為小社一直持續重複一樣的動作，所以她便傻眼地說：「喂喂喂……」小社數了好幾十次之後，才終於開口回答姊姊的問題。

「大概六百七十歲左右。」

「妳從室町……咦？應該是南北朝時代？的時候活到現在嗎？妳還真厲害啊～」

姊姊完全沒有把她的回答當真。姊姊瞇起眼睛，笑得肩膀都在上下抖動。

「啊，我當然是以地球的計算方式來算的喔。然後我的同胞應該有八百歲左右了。」

不過小社的語氣非常認真。姊姊則是傻眼到連話都說不出來，抓了抓自己的眉間。

「地球的計算方式？」

雖然小社說出來的話我幾乎都聽不懂，但我還是針對我在意的部分提出疑問。

我開口問她之後，小社就靠了過來。她在我逃開之前就把臉湊近了我的耳邊，先對我說聲：

「嘰哩咕嚕。」

「其實，我是外星人。」

「……………………咦？」

「不要相信她說的話。」

姊姊對我提出忠告。這讓我很想對她說「咦……可是……」。

因為她這種髮色明明就那麼奇怪。為什麼姊姊有辦法無動於衷呢？

小社把盒子上的紅色橡皮筋解開，打開蓋子。裡面放著三個可樂餅。

她拿起其中一個，遞向我這裡。

小社拿著可樂餅的畫面，看起來就好像是把不同的圖片隨便拼接在一起一樣。

「這是表示友好的證明，要吃嗎？」

「那……那我就收下了。」

因為她也問了，所以我就跟她拿了一個。我把可樂餅撕開，分一點給姊姊。

「好熟悉的味道啊。」

姊姊吃了一小口可樂餅，把頭轉向一旁小聲地這麼說。我也吃了一口，發現這個味道是肉店賣的可樂餅的味道。是媽媽說「煮菜好麻煩」而偷懶的時候會去買的那種可樂餅。裡面放了很多馬鈴薯，還放了一點點肉進去。是我喜歡的味道。

「好好吃～」

小社說出了和剛才一樣的話。不過這次的好像是指好吃的意思。（註：「命～運～」跟「好好吃～」的日文發音相近）姊姊對她這副模樣感到傻眼，但同時也小小地笑了出來。而小社則是用一副真的覺得很好吃的模樣在吃可樂餅。

那樣的小社對我露出了開心的微笑。

知道她的名字，看見她對自己露出笑容。

那麼一來「怪傢伙」就搖身變成了「很漂亮的人」。

小社的眼睛和頭髮就好像是長了翅膀，輕飄飄地飛進我的心裡住下來。雖然她的身高跟我差不多，但她的頭髮跟眼睛是小學裡的任何地方都看不見的顏色。

妖精。

會忍不住想那樣叫她。因為小社在我的腦海裡輕飄飄地飛舞著。

今年遇上的最大驚喜，使我的心中充滿一片水藍色。

那一天，我和一位奇妙的朋友——小社相遇了。

安達Q

聖誕節當天跟島村一起出遊會很奇怪嗎？明明就快到期末考了，但停下手邊動作去思考的卻盡是那樣的事情。用手托著臉頰，把手肘頂在桌上的我，一邊不斷動著無法藉由空調暖和起來的腳底，一邊蓋上那本裝飾用的參考書。我放棄繼續假裝讀書，躺到床上。

躺下來之後便覺得天花板的燈光意外刺眼。電燈才剛換過新的，燈光相當強烈。我側身讓雙眼和身體都朝向窗戶，同時用手指撫摸臉頰。因為一直待在開著空調的房間內，皮膚有些乾燥。還是不要就這樣睡下去好了。

今天是進入十二月之後的第一個星期二。從下星期一開始就是第二學期的期末考，而低溫大概也是影響要素之一，使得這段期間是我們一整年當中表情最為僵硬的時期。再怎麼說也不能蹺掉考試。最近連體育館二樓也很冷，地板還冰到要是赤腳踏上去的話會忍不住跳起來，所以我也不再前往體育館了。那裡是春天到秋天時，屬於我跟島村的場所。那麼，冬天的我究竟該跟島村一起去哪裡才好呢？

腦中的思考從那樣的想法不斷演變，到了現在則是在煩惱著聖誕節的事情。雖然一年當中有許多節日，或是要慶祝、舉行祭典的日子，但會讓女生聚在一起玩樂的日子很少。正確來說，應該是讓女生聚在一起玩樂也不奇怪的日子很少吧。我和島村之間也不可能存在什麼只屬於我們的個人紀念日，如果要創造那種紀念日，果然聖誕節還是屬性最接近的吧。新年

的話感覺有些不太對，還有在情人節給對方友情巧克力一起吵吵鬧鬧的也很奇怪。再說，我真的有辦法把巧克力拿給島村嗎？總覺得會因為自己的莫名在意，導致在很突兀的狀況下硬是把巧克力拿給她，讓氣氛變得很微妙。而且我也不覺得島村會特地準備好那種東西要送給別人，要是讓她特地去買巧克力作為回禮也會讓我很過意不去。不過我想就算再怎麼跟她說不用那麼做，只要我把巧克力給她了，她也一定會去買……

因為煩惱會無止盡地增加下去，所以我暫時先不管情人節的部分，先去想像我們在聖誕節那天約出來走在外頭的情景。不過，我馬上就察覺到我無法想像出那樣的景象。由於聖誕節的時候很冷，同時也是學校放寒假的期間，所以我幾乎不曾在那段時期出過門。因此，我也不知道會在當天一起享受聖誕節的女生究竟是多還是少。雖然這麼一來，從街景到口中吐出的白色氣息就都完全只能用想像來補足，但在想法消極的時候去想像，就會覺得女生在聖誕節的時候一起出遊果然是件奇怪的事而感到沮喪。若在心情輕鬆的時候去思考，想法就會變得比較積極，會覺得那樣其實還挺正常的。這種心態上的不穩定，造成我的思考嚴重混亂。有時會因為腦袋中不斷地重複左右切換不同想法而疲憊至極，甚至引發頭痛。這樣的狀況並不稀奇。我到底已經煩惱著要不要約她出去玩這件事幾天了呢？

今晚也依然一直為這些事情感到苦惱。總覺得躺在床上莫名令人心煩，所以我又回到了椅子上。我隨便翻開原本以蓋上的狀態丟在桌上的參考書，即使都沒看進眼裡，仍然一頁頁地翻著書本。這本參考書裡面並沒有寫著我所尋求的答案。就算有，我也不是很想照著書上的指示去做。

「……我是不是在意得太過頭了？」

我出聲詢問自己。我也覺得有種自己太過煩惱，結果鑽牛角尖鑽到爬到樹上就下不來的感覺。其實那並不是那麼困難的事，只要稍微問一下，就會很普通地得到答案，就是那麼簡單的事情……如果真是那樣就好了。而且，實際上也只是在假日的時候出去玩而已。

但問題在於要特地約在聖誕節那天這一點。

重點就在島村會不會不起疑、很乾脆地答應我的邀約。

仔細去思考這一點的話，還是會不由得失去自信，然後繼續不斷地煩惱下去。

我在參考書的頁面邊緣寫下「島村」。即使是這種時候，還是會去聯想到「思夢樂」。話說回來，島村是叫做什麼名字？她的名字存在感薄弱到連島村自己都會開玩笑地說：「偶爾會差點忘記自己叫什麼名字。」她的朋友當中應該也沒有人是直接喊她名字的吧。

那麼，只有我用她的名字稱呼她如何？那或許就是我所期望的那種特別親近的關係。但是，不管我再怎麼去想像用「島村」以外的稱呼來叫她的自己，卻還是連那種情景的輪廓都想像不出來。感覺用那種做法去和島村變得更加親近的自己，就彷彿是把現在的我替換成了別人一樣。

島村就是島村。我凝視自己寫下的那個姓氏，然後接受了自己的想法。

不過一直注視著那兩個字，就好像親眼見證了自己到底有多在意島村一樣，讓我覺得很難為情，接著馬上擦掉書上的字。不曉得是不是寫的時候筆壓太重，即使擦掉了，還是能隱約看見她的姓氏留在上頭。這和闔上雙眼，然後睡覺，但到了明天仍然無法忘掉昨天的島村這種情形有點類似。

要是島村向我提出各種要求的話，到哪種程度為止的要求是我會接受的呢？

如果她要我幫她拿書包的話……不是這類型的要求。是「如果島村對我說『抱我一下』的話，我會想辦法達成她的要求嗎？」這種的。我大概會。若是她要我陪她一起去買東西的話，我當然很樂意同行，若是問我要不要一起睡午覺的話……這個也不對。從途中開始就變得好像是我的願望一樣。盡是些島村不可能會說出口的話。而且明明是上課時間，可是我卻又在想島村的事情了。會不會其實我思考有關她的事情，比她本人思考得還要多啊？但那並不代表我相當理解島村。這就好像再怎麼在池邊走來走去，也無法得知池水有多冷，裡面又住著什麼東西一樣。

在人際關係這方面上我往往都是光想而不做出行動，造成自己無法向前邁進。

我總是像那樣在什麼都沒能做到的狀況下，看著各種事情迎向結束。

我有察覺到父母覺得我是令人摸不著頭緒的孩子這個事實。雖然我自認為有以自己的方式來表達喜悅以及不滿，但那似乎不太容易傳達給對方知道。我實在不太懂自己的做法到底是哪裡不好。明明我應該是模仿了周圍人們的做法才對，是那種做法不適合用來面對我的家人嗎？

血緣並不會成為羈絆。至少我跟家人的血緣關係，是只要觸及就會發現其實只是液體上的血有關聯而已。我們的血無法以血緣的形式來保持形體。就是因為那樣，才會跟家人感情疏離。

不過，若是跟島村扯上關係，我的想法應該就很容易理解吧？雖然很難為情，但我有這種自覺。即使如此，島村卻也一直都是一副沒有特別放在心上的模樣，我想，那是因為她真的不是很在意的緣故。她那種態度好像讓我鬆了口氣，也好像是我煩惱的根源。

我和島村之間並非平等。無論用再怎麼偏袒的眼光來看，都是我的想法比較偏差。

像是我會打電話去談的事情，島村只用郵件就能談了。這種地方與其說是表現出個性，不如說感覺比較像是表現出了人的心態。我不喜歡等待郵件回應時的空白時間。那讓我靜不下心來，很不安，也很焦躁。既然如此，那用電話直接談還簡單多了。

但再怎麼說也不能在上課的時候打電話給島村。島村跟我都在教室裡。距離並不是很遙遠，但也沒有近得能夠談話。就只能不斷地偷偷把視線投向她而已。

我們幾乎不曾四目相對。這讓我很佩服島村其實也意外地有在認真上課。那我又在做什麼？——我回頭反省不認真的自己，維持手頂著桌子、托著臉的姿勢低下頭來。

當我還在持續煩惱那種事的過程中，就已經下課了。我順便連考試也一起放棄了。

到了放學後，我才終於動了起來。今天連午休時間都沒跟島村說過話。昨天也沒機會跟她說上話，所以已經有大約兩天沒聽到島村的聲音了。感覺耳朵都快要哭了……在我想像了從自己耳朵流出黏稠的奇怪汁液的畫面以後，便決定把那句話當作一句玩笑話。

我把平常都放在學校的課本塞進書包，離開座位。要從這裡走到島村那裡，總是需要一點勇氣。雖然也沒發生什麼會讓我良心不安的事情，但要我在人多的地方走到島村身邊會讓我感到排斥。是因為我自我意識過剩才會這樣嗎？

走到她身邊需要一口氣用上一整天一點一滴慢慢累積下來的勇氣，也因為一直重複消耗，所以我一直都沒辦法把自己的勇氣囤積起來。不過，即使需要勇氣這件事本身就有問題，但我沒有把勇氣用在不好的地方。我有這樣的確信。

幾乎就在我走近她座位的同時，日野跟永藤也來到了島村身邊。這麼一來我就只能先退一步，沒辦法先向島村搭話了。

「現在已經來到圍圍巾也不奇怪的季節了呢！」

「妳一開口就在講什麼啊？」

日野的發言讓島村疑惑地歪起頭。而且日野根本沒有圍什麼圍巾。

有圍圍巾的是我跟島村。日野還是一如往常地經常說出奇怪的話。

「小島子妳有在準備考試嗎？」

「日野妳們呢？」

「哈哈哈，別打破砂鍋問到底嘛。」

不知為何她把雙手交叉在胸前，擺出一副很高高在上的樣子。而且，真的有那種講法存在嗎？

「應該說，成績是什麼東西啊？」

「這種話由妳說，很難分辨到底是在開玩笑還是認真的。」

島村對永藤感到傻眼。永藤非常認真，而且深思熟慮——她以看起來是那樣的表情做出了「嗯～」這種不清不楚的回答。的確無法確定她到底是認真的，還是在開玩笑。她拿下眼鏡，然後擦拭自己的眼角。

「那，妳們找我有什麼事嗎？」

「沒啥事。我才沒有什麼事要找妳，我是不能沒事就跑過來嗎？」

日野依然用一副很高高在上的姿態如此詢問。島村把書包放到桌子上以後，便抬頭看向日野。

「是那樣嗎？」

「是啊是啊。」

看起來什麼都沒想的永藤點頭回應她的話。島村看到她這樣隨即露出苦笑，同時她的視

線也像是有什麼事情無法釋懷似地四處游移。大概是因為島村她沒有什麼事情，就不會去跟別人說話吧。

「那我就弄件事來找妳吧……這是回家前的道別時間喔。在妳小學的時候，放學班會上沒有嗎？」

「喔～要說老師再見，同學再見……的確有呢。」

島村像是沉浸在回憶當中般瞇起雙眼。還順便緩緩揮了揮手。

日野在揮手回應島村之後，便轉過來面向我。她往前踏了一步，看向我的臉。

「喔！安達達～妳有在準備考試嗎？」

她對我的暱稱又跟之前的不一樣了。恐怕是以當下的心情來決定的。

「呃……多少有準備一點。」

「咦，妳有在準備喔？妳還挺認真的嘛。」

島村一邊把課本收進書包，一邊以感到意外的神情和語調向我說話。看來她一直以為我從一開始就放棄了而什麼都沒準備的樣子。不愧是島村，大致上都猜對了。

「真是了不起。我也要向妳看齊了。」

「妳為什麼會沒有準備啦！」

日野跳起來輕輕敲了永藤的頭。永藤從途中開始就刻意彎下了膝蓋。

她們還真奇怪。我在一旁看著她們，她們看起來是要直接回家的樣子。

好像是真的沒有什麼特別的事情要找島村。這讓我稍稍放了下心。

「好～今天乾脆就過去永藤家玩吧。」

「總覺得好像天天都能在暖爐桌附近看到妳。」

「那是妳的錯覺。是～妳～的～錯～覺。好，變成妳的錯覺了吧。」

「嗯，開始覺得好像是那麼回事了。」

「不～要～覺～得～是～錯～覺。好，現在又不會那麼覺得了吧。」

「不會了不會了。也就是說每天都能看到妳是因為……」

日野與永藤一邊進行著有點蠢的對話，一邊走出了教室。雖然我和她們之間並沒有深交，但我差不多了解到她們兩個是什麼樣的個性了。日野就如她的外表所見，是個待人友善的人；永藤的話則是不能相信她那看起來很聰明的外表的樣子。

不過她們兩個的感情還真好啊。我每次看到的時候，她們兩個都走在一起。雖然我也是在大部分的情況下，跟我走在一起的就只有島村，但頻率跟她們不一樣。而且島村有時候也會和除了我以外的人走在一起。有時我的內心會因為這一點而感到鬱悶。有種脖子被掐住的感覺。

兩人離去之後，島村那像是在窺視的視線便朝我投來。

「妳有什麼事……不對不對。我們總是會聚在一起呢，嗯。要反省一下。」

島村用指尖抓了抓額頭，收回差點說出口的話。看來剛才的對話使得她有些在意自己的

反應。島村拿起書包，從座位上站起來。

「怎麼了嗎？啊，這也是很類似的說法。到底該怎麼開頭才好啊……」

島村一邊重新圍起圍巾，一邊皺起眉頭。她好像……正在努力奮鬥？

「我該說什麼才對？」

「就算妳問我，我也……」

畢竟我們個性其實挺相似的。因為如果有人來到自己旁邊的話，我們應該都會開口問對方：「怎麼了？有什麼事嗎？」

對我來說，那樣就夠了。甚至別人先那樣問我的話，反倒會讓我覺得比較輕鬆。

「嗯，這就當作今後要努力解決的問題吧。很好很好。那，安達妳找我有什麼事嗎？」

看來她好像先把問題暫時拋在一邊了。而我也終於要開始進入正題。

……不過，為什麼我每次要向人提出邀約的時候，總是會感到退縮呢？

因為害怕提出邀約之後會被拒絕。那大概就是原因。因為……我不希望會讓對方感到不愉快。

「想說接下來要不要一起念書……這樣。」

「念書？」

她拍了拍書包，同時又露出了覺得出乎意料的表情。我的確是幾乎沒去上課的壞學生沒錯，但在考試之前，念書就會成為最好的「藉口」。而且也不能在這時候說要約她出去玩。

「安達突然變成模範生了啊。」

「才不是那樣。正常來說，每個人在考試之前都會念書啊。」

「是多虧了我嗎？」

雖然島村應該只是想開個玩笑，也只是因此才會向我露出有些純真的笑容，不過，實際上我的確就是受到了島村的影響。如果我們沒有相遇，那我今天也不會在這間教室裡。

雖然很想跟她道謝，但在這時候說出口感覺好像會換來她奇怪的表情，所以我只在心中向她道過謝。

「不過既然要念書的話，妳應該也約一下日野她們。」

「咦？」

「雖然看起來很隨便，不過她們的成績比我們還要好。」

島村的視線飄向了教室門口。要是不管她，她似乎會快步走去叫住她們。

我比較想跟島村兩人獨處。我勉強制止了自己直接脫口說出這句話。我慢慢收回差點就要踏出的腳，急忙尋找其他藉口。

「可是那兩個人那麼認真，而且既然成績很好的話，就算跟我們一起念書……呃……她們也沒有好處啊。」

「啊～！安達居然把我當成是笨蛋～」

「咦？」

島村突然像是小孩子一樣指著我。她的臉上還露著奸笑。

「不過就是我的成績跟妳差不多而已，妳就把我當成恰到好處的笨蛋了吧～」

「啊……呃……我沒有那個意思，真的沒有。」

咦，我是不是也在無意間被她算在笨蛋的行列裡了？

「雖然妳說的真的很有道理就是了。那就我們兩個一起念書吧。」

不過那種疑問馬上就因為島村的回答而消失不見了。

感覺有種東西湧上後頸。是名為希望的氣泡嗎？

「要在哪裡念書？這附近有圖書館嗎……啊，學校也有圖書室嘛。」

島村口中說出的那些場所都不是我所期望的答案，使我感到不知所措。

在不會沐浴在他人眼光之下的地方兩人獨處，才是最能讓我安心的情況。那才是我所期望的結果。

「不能……去島村家念書嗎？」

「咦～可是我家到處都是灰塵，很髒耶。」

她的反應看起來不是很想接受這個提議。而且她說很髒？我覺得沒那回事。

我突然想起前陣子去她家的情形，還有那時候的自己滿臉通紅地逃走那件事，使得我差點就要開始苦悶起來。雖然島村似乎不是那麼在意的樣子，但不管再怎麼客觀地去檢視我那種舉動，都會覺得可疑至極。虧我那時候在回家路上還有辦法不發生任何意外。

「那去安達家呢？」

「我家？」

我家很遠，島村回家的時候會很辛苦——正當我打算以這合理的理由拒絕時，突然想到前陣子從公園帶回家的那個罐子就擺在房間裡。要是被她發現那是那時候的罐子，這次就非得要逃出自己家才行了。無論如何都不能讓她來我家。

「我家的話有點不方便……」

「啊，或許我自己也不方便過去吧。」

島村像是察覺到了什麼事般把頭轉向一旁低聲細語。即使我用「嗯？」來表達我的疑問，也被她給無視掉了。

「好啊，那就去我家吧。不過有很多灰塵，很髒喔。」

她又再一次強調。明明也不是什麼很古老的房子，她為什麼要那麼說呢？

我和島村並肩走出教室。因為這麼做的次數很少，所以不是很習慣。在通過門口走到走廊時，肩膀感受到了一股像是被薄膜阻擋的感覺。那也許只是因為我擴大的自我意識遭到碰觸，所以產生了過度敏感的反應而已。簡單來說，就是我現在很緊張。

雖然不是刻意使然，不過我走在島村的左邊。走在拿著書包的右手的另一邊。

我偷偷往島村的手邊瞄了一下。她的左手閒來無事地在擺盪著。

我的手差點就要伸向她那空著的手。可是——我如此心想，打消了念頭。

望向周圍。這裡是學校，這裡是走廊。四周都是同學。
若在這種地方牽起她的手，我想島村也會拒絕。她應該會甩開我的手吧。
我必須要理解到一件事。
島村的個性，和「溫柔體貼」有些微不同。
再怎麼說也不能牽手吧——我這麼想，並收回自己的手，然後像是要掩飾自己的行為般挺直了背脊走路。

我讓島村站在腳踏車後座，騎車來到了她家門口。日落的時間變早，所以外頭就像是被燈籠微弱的光芒照亮般昏暗。看來回家的時候應該會變得一片漆黑。說到底，我該幾點離開？幾點以前離開才是正常的呢？
上高中之後就不曾去朋友家玩，所以也不曉得該如何拿捏分寸。
這類事情在我跟島村之間常常會成為問題。
我當然也知道「若是普通朋友的話」該怎麼做的標準。可是我希望跟島村是「有些不同的朋友」的關係，如此一來我就完全無法掌握標準為何了。就是因為像這樣看不清周圍環境，卻還在誤把輕率當作勇氣的狀況下去行動，才會不小心就跟對方靠得太近。
而那麼做的結果就是讓自己苦悶、唱獨角戲，到最後就演變成「哇啦叭刷啊」的胡言亂語了。

從明明知道得這麼清楚卻沒有改過自己半個缺點這部分來看，症狀似乎相當嚴重。

「唔哇！她回到家了！」

島村從家跟車庫之間的隙縫看向裡面，皺起了眉頭。我從她身後看向隙縫後頭，發現有台橘色車身的腳踏車就停放在那裡。那似乎就是島村她母親會拿去騎的那台腳踏車。

所以她就只能自己走路去學校——之前島村曾這麼說過。

「我回來了～」

島村邊這樣打招呼邊敲門。過了一小段時間，便聽到屋裡傳出有人過來的腳步聲。門在發出轉動門鎖的聲音後開啟。走出來的是島村的母親。

她的頭髮有一點點濕，皮膚也很紅。不曉得她剛才是不是有去洗澡。

「妳回來啦……喔！是妳的朋友！喔！house！」

島村的母親分兩次做出很誇張的驚訝反應。先不管第一次的反應，我有點不懂她第二次的反應是什麼意思。是「有朋友來家裡玩了喔」的意思嗎？在看見她那樣的反應之後，島村以一臉厭惡的表情從旁邊走過，接著脫下鞋子。

「我們要念書，不要來吵我們喔。」

「妳是安達對吧？」

島村的母親默默無視了島村，並向我搭話。我微微低頭向她說聲「您好」，然後把脫下來的鞋子整齊擺放在島村的鞋子旁邊。島村的表情變得越來越不開心，讓我覺得挺稀奇的，忍不住就開始觀察。在普通情況下，島村不會毫無顧慮地擺出那種表情。

我想，她大概只有在面對家人的時候才會那樣。果然家人也在島村的心裡占有著特別的地位啊……我不禁感到有些羨慕。羨慕島村的家人，以及有這種家人的島村。

「妳就別管了。好了，快回去，快走開。」

「幹嘛啦～不要這麼叛逆嘛。」

在島村跟母親對話的途中，我突然感受到一股視線，於是我轉頭看向視線來源。

島村的妹妹只探出了臉，從走廊盡頭那裡看著我們。她一跟我眼神交會，馬上就縮了回去。雖然聽島村說她的個性好像很頑皮，但我一點也看不出來是那麼回事。看來她似乎是會怕生的那種人。這麼說來，我見到親戚的時候應該也是像她那樣吧。

島村的妹妹是不是也被學校的朋友們用「島村」來稱呼呢？

「好了，我們走吧。去！去！」

島村一邊對母親擺出用手驅趕的動作，一邊走上樓梯。她走上在走廊右邊的……咦？島村的房間應該在一樓才對啊。在我還在對此感到疑惑的時候，樓梯走到一半的島村就向我招手，於是我決定就先不管這件事，跟著島村上樓。走上有些陡峭的樓梯後，她帶著我走到位於順著四方形牆壁延展的狹窄走廊盡頭的房間。一進到房裡，就感覺到空氣相當乾燥。之後我立刻就發現到眼前有灰塵在飛舞。先進到房裡的島村輕咳了幾下，拉下電燈的繩子。經過兩次的燈光閃爍之後，房間裡便充滿了光芒。

出現在眼前的，是各式各樣的家具。還有邊角已經毀損的紙箱。房間角落還丟著一張有好幾根螺絲脫落，上面的皮也已經裂開的椅子。可能是因為窗戶被沾滿灰塵的窗簾遮住，使得陽光進不來的緣故，房間裡比走廊還要冷。儲藏櫃裡則不知為何雜亂地放著暖爐桌跟……電風扇？看來就是這麼個急就章的房間。這裡應該是為了讓島村可以讀書讀到很晚的房間吧……大概。

「看，我就說很多灰塵吧。」

島村放下書包，打開暖爐桌的開關。可以聽見暖爐桌的棉被裡，傳來發熱源開始運作的聲音。「冷死了冷死了。」看著島村一邊這麼說一邊鑽進暖爐桌裡以後，我也前去坐在她的對面。

「要我去拿坐墊過來嗎？」

「嗯……不用了。沒關係。」

雖然腳因為地板上沒有鋪毛毯而覺得很冷，不過我不想麻煩她，所以揮手拒絕。

在暖爐桌的旁邊放有摺起來的日式棉襖——袢纏。我拿起藍色的袢纏，島村就把視線投向了這裡。

「會放那個是因為就算有暖爐桌，背後還是會很冷。」

「原來如此。」

「總之在變暖之前就先進入休～息時間。」

島村躺下來，深深鑽進了暖爐桌。穿著制服睡覺沒問題嗎？看著島村把書包當作枕頭側睡在地板上，我開始猶豫接下來該做什麼。我不打算自己一個人攤開課本念書，不過要兩個人都躺在裡面的話，這張暖爐桌就太小了。就算是現在這個狀態，島村的腳也已經是在我的旁邊了。

……不過這個地方說不定還不錯。飄著許多灰塵的空氣跟像是祕密場所般的狹窄空間，亂七八糟的環境，還有寂靜。我一邊在還沒變暖的暖爐桌中稍稍顫抖，一邊不禁心想：如果這裡能夠成為我跟島村「冬天的去處」就好了。

「安達是會在念書的時候聽音樂的人嗎？」

島村沒有抬起頭，直接問我這個問題。我稍微思考了一下以後才回答她。

「算是滿常聽的。」

雖然平常都不是很在意，不過回想起來才發現昨天也是邊聽音樂邊攤開課本讀書。但那也只持續了約三十分鐘左右，我從中途開始就一直持續煩惱著聖誕節的事情，導致我開始頭痛就是了。如果跟島村說這種事情的話，她應該也只會用很微妙的表情點頭說聲「啊，這樣啊」而已吧。

「這樣啊。安達果然是會聽很多音樂的人嗎？」

「沒有很多。」

「嗯……」

她的反應越來越淡。我們平常就是這樣，常常都是就這樣讓氣氛漸漸沉靜下來。

不過，今天我要試著再多堅持一下。

「島村以前是什麼樣的小孩？」

我提出從昨天保留到現在的話題。因為平常都沒什麼可以聊，所以我很努力地事先想好了一個話題。

「呃……很普通的小孩吧？我想應該跟現在沒什麼差別。」

島村很流暢地回答。聽她那麼說，我便試著想像單純把眼前的島村縮小的模樣。

小小的島村。

……我想像到我牽著她走路的畫面，就領悟到那樣和我們不相稱。應該反過來才對吧。

「我在運動會的時候沒有很活躍，也不曾當過班長。總覺得我好像一直都在當午餐股長啊……還有……應該就那樣而已吧？我沒什麼印象了。」

明明是在講自己的事情，說法卻像是在談論一個跟自己沒有交集的同學一樣。感覺事不關己。

「啊，頭髮應該比現在還短。而且也沒有染。」

島村一邊用指尖捏著自己褐色的瀏海，一邊說出回憶起來的事情。也就是說，就像島村的妹妹那樣嗎？我很想看看短頭髮的島村，還有黑髮的島村。

「那安達以前是怎樣的小孩？」

她這句話就像是因為對方提出問題，所以自己也暫且先問了對方同樣問題的感覺。

「或許跟現在沒什麼差別吧。」

我回答了比較安全、跟她相同的答案。島村說了聲「是喔」，然後閉上眼，露出微笑。

「也就是說，安達妳以前都是讓保母或是老師牽妳的手嗎？」

島村一副像是在調侃我似的，用有些壞心的笑容說出那種話。

看來至今發生的事件，讓她完全把我看作是「那種人」了。

「我才不是那種人。」

「那不然妳是哪種人？」

「就是……呃……」

我才不是愛撒嬌的人。雖然很想那樣反駁她，但要說出那種話意外很讓人難為情，而且回頭看看過去的自己，就覺得要主張自己不是愛撒嬌的人可能有點困難，於是不禁軟弱下來。我無法從自己的否定話語中感覺到說服力。畢竟手也牽了，頭也讓她摸了，根本沒有辯解的餘地。

「應該說……我會挑對象……」

說出口之後，我才發現這麼講就如同是在說我只想讓島村牽我的手、摸我的頭一樣。這樣不就變得像是在告白一樣了嗎？不不不。

不不不！

「嗯……為什麼會是我呢？」

不知道島村是不是也感到有些傷腦筋，說起話來很小聲。聽起來很不清楚，像是喉嚨塞住了一樣的聲音。

為什麼？這個問題很簡單。答案就是「因為是島村」。

記得好像有人說過那樣就足以構成喜歡一個人的理由，也好像是哪本書上有這麼寫，但也很像我在這個當下想到的藉口。我沒辦法抬起自己低下的頭。如果用這種話回答她，就會變成是完完全全、很明顯地在表達自己很喜歡島村。

我獨自發出「唔唔唔……」這種呻吟般的聲音，感到苦惱。島村在那之後就沒有再說半句話這點讓我覺得很煎熬。先不論她說些什麼會不會讓事態好轉，但我希望那會比一直維持沉默的狀態還要不難受。所以我邊祈禱她能夠開口說些什麼，下定了決心抬起頭來，接著便發現島村正面露安詳的表情。應該說，她正閉著眼睛靜靜地睡覺。我直直盯著她看。

……她睡著了。

聲音聽起來會很小聲、很模糊，單純是因為她很想睡而已嗎？

我慢慢地靜靜離開暖爐桌。我邊小心不弄出聲音邊接近島村，然後，先是端坐在她的身邊。為什麼？應該說「先是」又是什麼意思？我戰戰兢兢地看向島村的臉。俯視著臉上友善笑容消失、露出毫無防備的睡臉的島村，反而讓我更靜不下心來了。不只是眼睛，似乎連臉頰都開始捲起漩渦，不斷增溫。全身都是破綻的島村很少見。現在就好像島村總是在與他人之間建立的那道牆突然變成透明的，然後自己藉此偷看牆壁裡面的景象一般。有種在做壞事的感覺，同時卻也無法移開自己的視線。

「…………」

那，我該怎麼辦？本來應該是來念書的。不，其實我也知道現在才開始念書也沒有用，那只是個藉口而已。如果只是繼續像這樣一直看著她的話，感覺好像有點浪費。說「浪費」是什麼意思？難道我想對島村惡作劇嗎？一開始在意起來，視線就不小心往島村的嘴唇上飄去。大概是因為冬天空氣乾燥的緣故，她的嘴唇有些微的乾裂。我試圖去觸碰她的嘴唇，然後又立刻縮回自己的手。

身體不小心稍微前傾了一點。這裡沒有其他人，島村也正在睡覺。我自己曾想像過「如果是這種時候的話，可能就會親她一次」的情況，而現在已經滿足了打造出那種情況的條件。開始覺得頭暈目眩。

腦袋裡的某個地方變得朦朧，開始感到疼痛。

不不不。我用力敲打自己的額頭，要自己冷靜下來。

沒有人能保證她二十四小時內都不會醒來。若島村在我親她的時候醒來的話，就真的一切都結束了。而且我也不是說什麼都想要親島村。如果是島村纏著我要那麼做的話，其中當然會具有相當重大的意義，但不是她要求我那麼做的話，就不同了。

想和對方親吻，跟會被對方要求親吻的交情，兩者各自包含的意義完全不同。

我尋求的是後者，而不是名為嘴唇相觸的結果。

在我還在苦惱的途中，島村醒了。她半開的雙眼，將視線停在我的身上。

她會不會因為我來到她身邊這件事而感到奇怪呢？就在我全身僵硬地看著事態繼續發展的時候——

「嗯……」

島村抓住了我的膝蓋，接著開始緩緩移動。在我心想「她想要做什麼？」內心極度動搖的時候，島村就把頭移到了我的大腿上。調整好頭的位置之後，島村又闔上了雙眼。

「這個比較軟，真不錯呢。」

島村露出了鬆懈的笑容。她好像是在找枕頭的樣子。即使我想要故作鎮靜地用「喔，是嗎」來帶過，也無法正常發出聲音。我的臉頰就彷彿是黏到暖爐桌上一樣，開始發熱。

「妳……妳很想睡……嗎？」

「嗯～？我沒有要睡覺～偶醒著，偶沒事～」

島村不改側臉遭到擠壓的模樣，用一副覺得很麻煩似的語調回答。就如她所說，她的眼睛睜開了。

「妳不冷嗎？」

「完全不會～」

「啊，是喔。要穿袢纏嗎？」

島村躺著拿起她揮動手臂勾過來的袢纏。因為她都這麼問了，再加上真的很冷，所以我說聲「那就穿一下」穿上袢纏。制服外面再多加一件袢纏的話，背部跟肩膀都會變得膨膨的，不容易行動。不過我在穿上之後，馬上就覺得汗水好像要噴流而出了。

雖然我想這大概是隨著緊張情緒一起流出的冷汗。

「島村妳……呃，聖誕節的時候都是怎麼過？」

聲音在講到一半的時候差點破音。我用無比婉轉的問法，假裝不經意地提出聖誕節的話題。

島村不改充滿睡意的眼神，動了一下臉的位置。島村在讓因為肌膚接觸而擠在一起的臉頰回復正常樣貌之後，才回答我的問題。

「晚餐的時候會有炸雞塊，然後也會吃蛋糕喔。雖然不會插蠟燭就是了。」

「是喔……感覺好像很多人都是這樣。」

雖然我沒有特別去做統計，但感覺就是那樣。有的家庭應該會把炸雞塊換成肯德基或是摩斯漢堡的炸雞吧。我想，大概不會有吃到火雞的機會。

「我妹她現在還能收得到聖誕禮物，而且也相信有聖誕老人。」

「聖誕老人嗎……」

真是令人懷念的名字。但她說「相信」，就表示果然還是不存在吧。

「島村到幾歲都還相信有聖誕老人？」

「我打從一開始就不相信了。」

她的回應直截了當。

「正常來說不會有人那麼好的大叔吧？」

這是很有島村風格的想法。是只有島村才會有的那種雖然「寬容」卻不溫柔體貼的想法。

話說回來，準備考試是什麼東西？

「安達呢？」

「我以前一直以為聖誕老人是托兒所裡面的人。」

「妳怎麼會那麼想？」

「我想是因為只有托兒所裡的大人有提過聖誕老人的關係吧。」

在家裡並沒有提到那樣的話題。雖然母親曾問過一次，但我因為無法決定想要什麼禮物就一直沒有開口，結果從隔年開始就再也不曾提過了。

明明我就有很多想要的東西。

「我們兩個當小孩都當得不是很稱職呢。」

「或許是吧。」

我同意島村的意見。不過就先不管現在也還是小孩這一點。

「不過啊，小時候比現在還要更蠢，還要更奔放……虧我那樣還有辦法過日子，真的很令人傻眼……我想那時候的我一定不會有肩膀僵硬的情形吧。」

島村再度闔上雙眼，邊輕笑邊回顧以前的自己。她以能夠稍微聽出當中帶有羨慕之意的語氣吐露心情，並且用一副看起來很舒服的樣子躺在我的大腿上。她這副模樣，讓我很難得地感覺到島村好像變得年幼了一點。是因為她躺在我的大腿上嗎？不知道從什麼時候開始，心裡已經不再那麼緊張，升高的體溫也得到了調節。從會使人暈眩的高溫，降到了正常溫度。感覺就好像從大腿上享受到了縮在暖爐桌裡的舒適感一般。

彷彿只去除了存在於蹺課去體育館二樓那段時間中的倦怠感一樣。

我自然而然地開始希望這段時間與這個空間能夠一直持續下去。

「……算了。」

原本打算拿出聖誕節的話題，然後想盡辦法跟她提出邀約。

不過今天就算了，下次再約她吧。

我現在只想像這樣和島村待在這裡。

就像是用羽翼保護心愛的孩子般，繼續度過這段時光。

附錄「肉店來訪者」

由於從平時開始就被教導做人要老實，所以我告訴來店裡的客人說「對面超市的黃昏市場也有在賣特價的炸肉餅喔」這個在廣告上看到的資訊，結果就被爸爸大力敲頭了。就算做人老實，好像也不一定會有好處的樣子。今天也多學到了一件事情。

他們什麼時候才會發現讓我顧店根本就是個錯誤呢？

而且我也不太能接受在期末考將近的時候還要來幫忙。不過，說到不來幫忙的話我是不是就會去念書……是會因為有點想睡就鑽到暖爐桌裡面去打混啦。難道被識破了嗎？

「啊，今天也來了。」

有個小小的人影鑽過對面那間倒閉的香菸店與一旁建築物之間的小巷跑了過來。是個水藍色頭髮、頭髮有些特別的小女孩。她輕快地舉著雙手往這裡跑來。最近一到黃昏，常常都能看到她來店裡買東西。然後每次都是點一樣的東西。

伸長身子的她豎起了三根短短的手指。

「請給我三個可樂餅。」

「好，跟平常一樣的。」

這次我沒有講到超市的黃昏市場的事情。我向爸爸告知點餐內容，然後把剛好炸好的可樂餅放進盒子裡。我用盒子交換她遞出的硬幣之後，她馬上就當場開始吃起一個可樂餅。她滿足地說著「好吃好吃」，同時再次走進了對面的小巷當中。

她每天都會來，究竟是來買點心吃，還是幫家人買東西呢？

不曉得爸爸是不是因為不管看過她幾次都還是無法習慣，動作都會變得很僵硬。

而且那孩子似乎是日野的朋友。那傢伙的朋友裡還真多怪人啊。雖然我是普通人。

因為媽媽做完家事從家裡出來到店裡，所以就跟我說可以回去了。老實過活的我決定乖乖回去。我在回去之前，先伸長脖子看向位在頭上的招牌。

上面寫著「永藤肉店」。不管什麼時候看都覺得這名字很美味。「肉」的部分特別棒。

我喜歡在回家的時候看這面招牌。雖然小學跟國中時的綽號會是「肉藤」應該也是受到這招牌的影響。看久就覺得肚子餓了，所以我比平常還要早些結束這段時間，進入家裡。

我在從店面進到家裡之後有一小段距離的地方脫下鞋子，然後走進客廳。

從中午過後開始，就連家裡都會飄著油炸味。我自己已經習慣了，所以不會有什麼感覺，不過也有朋友說她覺得這個味道棒透了。而那麼說的傢伙正好從暖爐桌裡探出了肩膀。

那個在暖爐桌裡面一邊抓著大紅豆一邊看電視的傢伙，直接維持原本躺著的姿勢轉過頭來。她面帶笑容遞出空空如也的保麗龍盒，厚臉皮地對我提出要求。

「再幫我裝！」

「誰管妳啊。」

我駁回她的要求，將腳從不同的地方放入暖爐桌。日野又把頭轉回電視機的方向。

說到底，這傢伙為什麼每次都會在我家呢？我記得從去托兒所的第一天起，常常就在回過神來的時候發現我們已經玩在一起，之後就直接來我家吃可樂餅。雖然我已經忘記是誰先向對方搭話了，不過那個時候的我們都是用名字稱呼對方，也會在稱呼前面加個「小」。我們不知道從何時開始就變成是用姓氏稱呼對方，而且這種叫法從大概還是小學低年級的時候就一直都沒有變。

從認識的時候開始就是日野比較嬌小。她的身高從來沒有超過我。

「為什麼日野都長不大呢？」

「喔，妳是在挑釁嗎？」

我撥開日野伸到我胸口的手，心想「真是不可思議」邊盯著她看。日野一直都是喜歡吃魚勝過吃肉，是差在這裡嗎？是差在魚嗎？超～好笑的。（註：日文當中「魚」跟「差在……嗎？」同音）不過我媽媽也是喜歡魚，但她就還算挺高大的，所以搞不好是差在心態或是什麼東西上也說不定。雖然日野是高是矮並不重要就是了。而且我們大多都待在一起，也都是走在對方身旁，所以也不需要特地去找她。

話說回來，我現在才發現我以前馬上就記住日野的名字了。我想是因為她是我第一個朋友所以很開心的關係……大概吧。現在我已經習慣她出現在我身邊了，就像是習慣家裡的油炸味一樣，感覺不到這有什麼特別。
　畢竟空氣這種東西又看不見。
「日野有忘記過我的名字嗎？」
「……妳果然以為我是笨蛋嘛。」
日野爬了起來。她把下巴放在暖爐桌上，半瞇著眼瞪向我。明明我沒有那個意思，卻常常會被她誤會。順帶一提，我有時候也會被當成是笨蛋。為什麼呢？
「……話說回來，還有一件事。」
我在回想過去的時候，順便想起了某件事情……真令人懷念。
不過仔細想想，那是有什麼特殊涵義嗎？好，試試看吧。
「日野，過來一下。」
我離開暖爐桌，向她招手。順便拿掉眼鏡。因為當時的視力還沒有很差。
「啥？要做什麼？妳要給我什麼東西嗎？」
「嗯，我要給妳一個東西。」
「喔，真的嗎！」日野說完便離開了暖爐桌。她輕快地匍匐來到我旁邊。她會不會是在期待我再幫她裝一盒大紅豆？我心想她真是個令人頭疼的傢伙，同時把手放上她的額頭。
「喔？」
我撥起日野的瀏海，往她小小的額頭親了下去。她的額頭跟以前一樣硬。

不過有點冰。畢竟是冬天嘛。

日野全身僵硬了一小段時間，但我舔了一下她的額頭之後，她就把身子向後仰，往後退開。這次換成是日野用自己的手撥開瀏海，驚訝得瞪大了雙眼。她的反應跟以前有點不一樣呢……那時候的她會說聲「反擊～」，然後也跑來親我。總覺得那時候一整天都在這樣玩。

「妳……妳做什麼啦！這麼突然……」

「我想起我們小時候常常這樣玩。」

當我這麼說，日野就說：「是那樣……嗎？啊，對……」她的表情不斷地在變化。

「可是以前是以前啊。現在這樣會……讓人做出『啊──』的反應啊……」

「有哪裡不一樣了嗎？」

我問完這句話之後，日野就靜了下來。在讓視線緩緩地左右游移之後，她就像是身體力量鬆懈下來似地垂下肩膀。

「……妳還真是一點都沒變啊。」

「彼此彼此。」

日野依然沒有放下撥開的瀏海，笑了出來。

原來如此──我看著這幅景象，然後理解了。

空氣無法用眼睛看見。但是，我用皮膚感受到了空氣的溫度。

奇妙的☆安達

『小島我以後長大想要當高個子！』

嬌小的我說著那種話。我想，這大概是場夢。

身邊的小孩都叫我「小島」，那時候的我非常喜歡這個暱稱，所以連我自己也都用這個暱稱稱呼自己。現在回想起來，總覺得好丟臉。沒想到我居然會用「小～」的方式稱呼自己——如此心想的我不禁低下頭來。

這是我在幼稚園大班的時候，被問到類似未來的夢想這種問題時所做出的回答。雖然是我自己的事情，可是我並不記得當初自己為什麼會說這種話。那時的我，很憧憬身高很高的人嗎？

周邊的景象在那時候的我眼中看起來是什麼樣子呢？

天空看起來很高，大人看起來也很高大。不管跑多遠都不會跑到上氣不接下氣，而且對任何事物都有興趣，會積極地去接近感到有興趣的事物。只要舔一舔甜甜的糖果，煩惱就會跟著糖果一起融化消失，也不會被名為人際關係的煩人外皮所包覆，只存在著龐大的友情集結體。

虧那樣無憂無慮、把真實的自己暴露在外的我能夠存活下來啊——我對那樣的自己感到無比傻眼。

最近的安達看起來很奇怪。

呃，雖然從之前就偶爾會有行徑變得很可疑的情形，但這次和那種變化不同。首先，就是感覺到視線的次數增加了。在上課時間不經意發現到，有一道盯著我的視線而看向遠處的座位時，大多都會和安達四目相對。之後安達就會立刻低下頭來，打開課本。她那樣會讓我很想對她做出「至少在一開始就先翻開不是比較好嗎？」這種針對一點也不重要的地方的吐槽。這就是她第一個奇怪的地方。

第二點，她講話的時候嘴唇跟肩膀都會顫抖。她的下嘴唇會呈現波浪狀扭來扭去的，肩膀上下抖動的動作也很大。她一直持續散發出好像在忍耐什麼，又或是想說什麼卻無法下定決心說出口的感覺。她的嘴唇不會因為這樣產生肌肉痠痛嗎？嗯，不會吧。

第三點，她期末考的英文成績比我還要好。

……要出國旅遊的時候把安達一起帶去就可以安心了。這部分只是開個玩笑。

我想，她大概是有什麼事情想對我說，或是想問我吧。雖然我在想既然覺得是那樣的話，就說一句「妳有話想跟我說對吧？」來給她說出口的機會就好了，可是也怕催促她講出那麼難說出口的事情，要是內容很沉重的話該怎麼辦？所以我很猶豫要不要這麼做。

例如像是要借錢，或是把妹妹給她之類的。要是她來找我商量莫名其妙的事情——應該說，雖然不至於不可能，但會莫名其妙到讓我覺得「為什麼要跟我說？」的事情的話，我也會很困擾。

所以我現在雖然決定先默默觀察她的情況，但要是這種情況持續上三天的話，再怎麼說我也沒辦法繼續假裝沒發現了。我決定等到這堂課結束進到午休時間，在吃飯的時候順便問她一下。這種時候大多都會是沒有想像中那麼嚴重的事情。

雖然我沒有做過統計，不過我努力讓自己那麼想，好讓自己的心情輕鬆一點。

日本歷史課結束以後，教室內的氣氛就鬆懈了下來。期末考結束了，答案卷也已經發回來，先不論結果的好壞，總之現在已經只要等著結業式跟寒假到來就好。教室裡就如同寒風吹過的夜晚裡有小小的燈光聚集般，雖然冷，卻也交雜著大家輕快的聲音。

有人把自己考試考不好拿來當成笑話，也有女生在談自己聖誕節的時候要跟男朋友做什麼。聖誕節嗎……也就是說，再過個十天，長著鬍子的老爺爺就要來了啊。妹妹今年也拿得到聖誕老人給的聖誕禮物。她現在好像還相信有聖誕老人的存在。因為跟她睡在同一個房間的我都沒有收到任何禮物，所以她每年都會很得意地跟我說：「姊姊是壞小孩～！」從看到她這樣還完全不處罰她這點來看，我覺得自己應該算是個好姊姊才對啊。

不過那些事情就先擱一邊。我把課本收進桌子的抽屜當中，然後單手拿起錢包，離開座位。我斜眼看著日野跟永藤拆著便當的包裝，同時走向手撐在桌上托著臉頰、一臉呆滯的安達身邊。她連課本都沒收起來，而且不曉得她是不是正集中精神在想事情，甚至沒發現我走到她身旁。

她實在是太心不在焉了，讓我覺得直接跟她搭話很浪費。我繞到安達身後，把下巴放到她的頭上。接著安達馬上跳了起來，害我的下巴被她狠狠撞了一下。

因為向後仰而從椅子上滑落，用手撐住地板的同時慌張轉過頭來的安達，以害怕的眼神抬頭看向正用手壓著下巴的我。我則是還咬到了舌頭，眼眶開始泛出少許淚水。

「原來是島村啊。啊～啊～嚇死我了。」

她隔著衣服扶住胸口，同時也能看見她臉上的緊張鬆懈下來。知道對方是誰的話，恐懼似乎也會減弱……我是這麼想，不過她視線游移的情況比剛才還要更加嚴重。

「話說，妳這是在做什麼？」

「只是試著玩了一下而已。啊～好痛。」

之前也吃了妹妹一記頭槌，我還沒有得到半點教訓嗎？我伸手幫安達站起身。安達的動作實在是太大了，使得周圍的目光因此集中到我們的身上。安達似乎也發現到大家的視線，看起來一副很尷尬的樣子。我感覺自己再怎麼說還是對這件事有點責任，就先把安達帶到教室外頭。我直接拉著剛才握住的手，走到走廊上。

「怎麼了？怎麼了？那個……怎麼了？」

安達的眼睛不斷轉來轉去，臉頰也有些微泛紅。大概是因為一直處在動搖的狀態，靜不下心來的緣故吧。我放開手，然後拍她的肩膀說聲「好，深呼吸」試著催促她這麼做。背靠著牆的安達照我所說的吸氣，然後再大口吐氣。不知道是不是沒什麼效果，她的眼睛還是停不下來。

我決定讓她暫時先這樣重複進行深呼吸。在我面前的安達，她看起來像是每當深呼吸一次時臉就變得更紅，她正在進行用呼吸的能量把體溫升高這種帥氣的事情嗎？

不過像這樣把手放在她的肩上跟她面對面，就能實際體會到安達的身高比我還要高。雖然我從之前就知道這件事了，不過我們的身高差距似乎沒有明顯縮小的樣子。我既不會感到不甘心，也不打算跟她比賽誰能長比較高，不過我卻被一個身高比我高的同學叫「姊姊」，而且我還摸了她的頭，想到這裡就覺得心裡就有股極度微妙的感覺。我們兩個之間到底是什麼樣的關係啊？

由於一直深呼吸似乎也沒有產生什麼效果，所以我把手拿開她的肩膀，中斷這個舉動。在我還在慌張地思索有沒有其他好方法的時候，安達就在途中冷靜下來了。原本不斷轉動的眼睛停止轉動，臉上的紅暈也開始消退。或許是深呼吸的效果遲了一點才出現也說不定。看來終於能跟她講話了。

雖然要是我沒有做些多餘的事情，就不需要這麼大費周章了。

「嗨，安達達！」

我模仿日野，試著用有些滑稽的方式對她說話。這句話同時也包含全部重新來過的意思。

「我比較希望島村可以用普通的方式叫我……」

安達小聲地對我提出要求。總覺得她之前好像也有這麼說過，也好像沒有。

「妳放心吧，我想那個暱稱我不會再用第二次了。然後——」

午餐還是不要吃好了。我考慮舌頭的狀況，決定還是不要吃午餐。真是吃到苦頭了。我回想起自己被父母斥罵「別做些不必要的事」時的景象。

舌頭上還殘留著血的味道。還真是準備了一個討厭的調味料啊。

「我在想，妳最近到底是怎麼回事。」

「怎麼回事是指？」

「啊……嗯，因為妳好像常常在看我。」

要婉轉地問她也挺麻煩的，所以我直截了當地詢問。安達很明顯地移開了視線。

明明表情一點也沒變，不過眼睛卻撒不了謊的樣子。

「有……那回事嗎？」

「有。」

我如此斷定，然後繞到安達視線逃往的方向去。安達立刻就發現到我這麼做，換成看往反方向。既然這樣，那我也跟著動……我大概在走來走去繞了三圈左右時覺得膩了，換問她下一個問題。

「妳有什麼事情想跟我說嗎？」

安達既迅速又不自在地動起縮起的嘴唇。

「有是有……」

「嗯，嗯。那妳說一下是什麼事。」

我也很在意她到底想說什麼，所以想早點問出是什麼事情。究竟是有怨言，還是有什麼不滿呢？我是有先想過很難說出口的應該就會是那一類的事情，不過想讓對方說出那種話也是挺奇怪的。

安達把聲音含在嘴中，開始說起她想講的事情。這樣我聽不到啊。

「那個……怎麼說，就是冬天……應該說下個禮拜……啊，應該說再過十天左右？的那個……」

她忸忸怩怩地持續小聲講著不著邊際的話語。安達的喉嚨像是被那堆話語噎到般卡住，接著她便敲打自己的胸口，非常慌忙。她慌忙得有如為了飛起來而四處飛奔助跑的雞。雖然雞不會飛，不過她沒問題嗎？

安達仍然不斷轉動著雙眼，只有表面上轉過來面向我，然後說：

「等我再有點膽量……啊，我再考慮一下再跟妳說。」

「……這樣啊。」

都已經拍胸脯試圖鼓起勇氣了，結果卻還是沒做好充足準備的樣子。那樣的話就沒辦法

了……吧？

我也開始擔心起來了。要是她說了會讓我心碎的話，該怎麼辦？雖然要說我是不是神經纖細到會心碎的人，倒是挺令人懷疑的。

唰唰唰——安達拖著腳步，一副想逃跑的模樣，所以我就讓路給她，而她也真的就逃也似的用小跑步跑回教室去了。我則是現在才發現到走廊的寒冷，微微顫抖了一下。不知道是不是被身體的搖晃給搖到掉了下來，我想起了一個回憶。我窺視那色彩朦朧的小小記憶。

話說回來，我以前也有過像那樣的朋友啊——我想起了這樣的事情。

那是在我還毫無防備時的事情。在幼稚園裡，有個和我特別要好的女生。用一句話來說的話，怎麼說，就是個很像安達的孩子。其實她就是安達——不過她們名字不同，所以不可能是這麼一回事。我和安達之間並沒有那種命運般的關係存在。

那時候的我莫名好動，而且全身上下都是破綻，只曉得向前邁進。而跟在那樣的我身後的就是那孩子，她簡直就像是我的影子有了形體般，跟我形影不離。她不是跟在我旁邊，而是後面。如今會去想她是躲在我的後面嗎？她非常怕生，在開始來幼稚園上學的第一天，她還在門口那裡緊抓著母親的手嚎啕大哭。

我們會成為朋友，就是從那時經過一旁的我，不知道為什麼拉著她的手一起走到幼稚園鞋櫃那時候開始的。明明要是現在的我，大概也不會去多加理會。

我把名字告訴她，而她就是第一個用「小島」這個稱呼叫我的人。我還清楚記得，那時候的她還因為那個稱呼傳開，使得連其他人都開始那麼叫我這件事而擺了張臭臉。在這部分能感覺到她和安達的相似之處。雖然以順序來說好像反了，不過由現在的我回想起來的話就會變成「安達↓那孩子」這樣的順序。因為回憶並不是就在我眼前發生。

當時的我看到有人跟在自己身後，就很高興地覺得「這樣好像探險隊！」真是太白痴了。當然，我自以為是隊長。在我心中，幼稚園跟鎮上是未開拓的區域，充滿陷阱，以為自己成功闖過了那些陷阱。明明是未開拓的區域卻有陷阱是怎麼回事？這種小事就別在意了。總之那時的我很喜歡跟她一起出去玩，或是在幼稚園裡面東奔西跑。

而她則和一般小孩不同，不喜歡到處亂跑。應該說，她有表現出自己不喜歡到處跑的樣子，但我卻以自己為優先。現在想想還真是有夠自私。不過不會去考慮別人喜不喜歡或是方不方便這一點，我覺得即使是現在立場和思考模式都已經和以前不同的自己，還是很類似那個時候的我。

那個女孩雖然在個性上不是會明顯表現自己的人，不過卻有感興趣的東西。她喜歡彈珠或是風鈴那種亮晶晶的東西。只有在發現那種東西的時候，她才會離開我的身後跑去找那些東西。那麼一來就會變成是我在追著她跑。

那種時候，不知為何我都會生氣地對她說：「難道我就沒有亮晶晶的嗎？」

為什麼那時候的我會產生那種心境？對現在的我來說，那就像是發生在別人身上的事一樣，難以理解。

在升上小學分到不同班級之後，我們就完全沒有再見面了。雖然我們並沒有吵架，但那樣的距離似乎不是能讓我們的友情繼續下去的距離。主要是對我來說。

雖然只是道聽塗說，不過聽說她好像在升上國中之後就變成了真正的不良少女，而不是像我們這樣的不良少女。她究竟在偏離道路的地方找到了什麼漂亮的東西？這部分讓我覺得有一點點在意。

「耶……」

我癱倒在廚房的桌子上，跟睡意奮鬥。

「妳哪裡有在奮鬥了啊？」

母親輕敲了一下我的頭，於是我只好不情不願地爬起來。冬天的時候實在是很難在起床之後立刻清醒。或許我的身體在要求進入冬眠也說不定——我在背後打了個冷顫、身體顫抖的同時如此心想。雖然廚房因為有暖氣設備所以很溫暖，但即使如此還是會不時有冷風鑽進睡衣跟背部之間的隙縫當中。

在我用手指劃掉剛才臉頰跟桌子貼在一起的位置上的霧氣來玩的過程中，早餐就端出來了。有拌飯、蒟蒻絲、鱈魚子跟涼拌青椒。這些都是昨天晚餐吃剩的。由於父親現在就開始在意起肚子附近的肉在新年假期時會有成長，所以家裡吃清淡料理的頻率正逐漸升高。

會對這件事表達不滿的，頂多就只有和減肥無緣的妹妹而已。而那個妹妹早已吃完早餐也刷完牙，正打算出門去小學上課。聽說好像要在早上跑馬拉松的樣子，光是聽到就覺得全身無力。預定要在早上跑馬拉松卻沒有低著頭走出家門的妹妹真是了不起。

「很了不起，動作又很快，根本無從挑剔呢～嗯，嗯。」

「不要再細嚼慢嚥了，還不趕快吃！這樣我沒辦法洗碗啊！」

母親一邊敲打洗碗機的側面，一邊催促我。明明小時候就教我要細嚼慢嚥，現在卻逼我要趕快吃完。父母教導的事情我應該要只聽一半。

妹妹戴上上學用的帽子，露臉說：

「我出門了～」

「好好好，路上小心喔。」

她在跟母親打過招呼之後就看向我這邊，擺出洋洋得意的笑容。

「姊姊妳也要趕快去學校喔～」

「囉唆，高中生只要在太陽全部升起之前到學校就好了。」

「是誰教妳那種蠢規則的？憑妳還早了三年呢。」

又被母親輕輕敲了一下。本來是想反駁妹妹的，結果只是讓她更高興而已。

妹妹出門之後，坐上我對面座位的母親就看著眼前的購物筆記在呻吟。她為了決定好要去超市買什麼而在思考晚餐的菜單，但似乎一直沒辦法有所進展的樣子。她把握在手裡的原子筆放到桌上，嘆了口氣。

「每天都要想要煮什麼好麻煩啊～」

「是啊，妳加油。」

「妳有沒有想吃什麼？」

即使我回答她提出的這個問題，也幾乎不曾實現過。她往往會有到了超市之後按當時心情來變更要煮什麼的狀況。一想到那種事曾發生過好幾次，就沒辦法認真去思考這個問題。

「煮咖哩之類的就好了吧？」

「嗯……用肉店那邊的小菜可以嗎？」

「就看妳開心囉。」

這是多麼無意義的對話啊。既然說是肉店，那就是指永藤她家吧。

那傢伙似乎也常常被叫出來顧店……她有確實做好顧店的工作嗎？

「姊姊～姊姊～」

應該已經出門的妹妹又折回來了。雖然原本在想她是不是忘記帶便當袋，不過她不是在叫母親，而是我。妹妹走進廚房，然後看向我。她才出去非常短的一段時間而已，她那接觸到外頭空氣的鼻子卻已經變紅了。

「姊姊的朋友來了。」
「啥？」
這句話實在是令人懷念卻又太過新奇，一開始我還聽不懂她到底在說什麼。
我像是在細細咀嚼那樣，一個字一個字去理解那句話的意思。
「呃……朋友？」
我很猶豫要先問這句，還是先問對方是誰。或許是心裡產生動搖的緣故，我選了比較奇怪的問法。
「在哪裡？」
「外面。」
她指向玄關。雖然理所當然是會在外面啦。她是說對方就在家門前的意思吧。
「妳說的朋友是指誰啊？」
「前陣子來家裡的人。」
「前陣子……安達？」
為什麼安達會過學校不入跑來我家？她應該不是會大剌剌走錯路的傻瓜才對。不過如果是安達的話，先不論她來的理由，她一定在等我，所以我決定先去找她。我暫時先放下筷子跟碗，離開廚房。
妹妹也跟在我後面。由於我忘了穿上剛才在廚房脫掉的室內拖鞋，造成我現在必須赤腳

走在冷冰冰的走廊上。感覺就像剛才圍繞在我身邊的暖氣迅速凍結，冒出來的霧氣還發出碎裂的聲音一樣。而且感覺還是緊貼著皮膚的那種寒冷，所以又更糟了。

我一邊縮著身體喊著「嗚呀嗚呀」一邊打開門走到外面，就發現正如妹妹所說，安達就在那裡。

她騎在藍色的腳踏車上，像是出來接人一樣在家門口待命。她穿著制服，書包也確實有放在腳踏車籃子裡。安達立刻就發現我出來了，然後動作僵硬地跟腳踏車一起前進。

有一大群要去上學的小學生正通過家門前的道路。因為是通學道路，所以這條路在每天的這段時間，都會有多到讓人覺得很煩的小學生們經過（這時候出門的父母說的）。安達彷彿是要把道路邊緣還有腳踏車龍頭削掉那樣，謹慎地移動。她幾乎都低著頭，有好幾次像是很在意我似地看往這邊。

「看起來……好像也不是有什麼很緊急的事。她到底是來找我做什麼？」

我想像她會是要來找我做什麼，同時轉過頭。我向在和我保有一段距離的地方盯著我看的妹妹揮手，催促她趕快去學校。雖然妹妹又好幾次回頭看向這裡，不過最後還是揮了揮手，融入了小學生的人潮當中。在我也向她揮過手之後，便在收手之前向另一個妹妹（暫定）揮手問候。安達一點一滴地持續移動，現在已經來到了我的眼前。而且她不知道為什麼還微微舉高她的手。似乎是跟我一起向妹妹揮手的樣子。莫名覺得很有安達的風格。

「嗨～嗨～安達。」

「喔……喔！早！」

「為什麼要弄得像是體育系的人一樣？」

是不是只要安達以自己的做法來強調清爽感的話，就會變成那種類型呢？

過去不曾在這麼早的時候見到安達，所以看見她站在朝陽底下的模樣就覺得很新奇。

安達的頭髮打理得很好，衣服也穿得很多。相較之下，我卻是一頭剛睡醒的亂髮，還穿著睡衣。我揉著眼睛心想這樣看起來很隨便，不過就算了。畢竟現在這個季節要像之前安達那樣讓人在外面等會很痛苦。即使如此，我仍然覺得如果安達站在我的立場的話，還是會讓人在外面等。

「那，怎麼了嗎？應該說妳這時候來會不會太早了？咦，妳是大概什麼時候來的？」

我把所有的疑問一起丟給她。安達吐出白色的霧氣，同時眼神游移。

「我有話想跟妳說，然後我覺得這時間很普通，還有我才剛來。」

她規規矩矩地確實回答了我的問題。之前仰臥起坐的問題也是這樣，安達的本性真的很認真。

不過她來的時間這部分是真的嗎？不，假使是真的也是一樣。

「嗯～」

我把手貼上安達的臉頰。碰到臉頰的瞬間，安達的眼睛就突然開始動來動去，讓我稍微嚇了一跳。不過我還是沒有放下手，用手去確認她肌膚的溫度。比我的手還要冷上許多。要

是安達從她家騎腳踏車過來，那當然會冷成這樣。而且她的鼻子跟臉頰都像藏著紅薑一樣紅通通的。有些東西穿再多也是擋不住，最重要的是我也覺得很冷。所以我抓住安達的手腕。

「外面很冷，就在家裡談吧。」

「等……等一……」

我把安達拉下腳踏車，要她把車停到車庫之後再把她拉進家裡。從途中開始就感覺不到安達的不知所措跟抵抗，她很坦率地脫下了鞋子。雖然走上走廊之後有在猶豫要帶她到哪裡去，不過我想起自己飯吃到一半，就朝廚房走去。

「打……打擾了。」

「好～歡迎妳來我家。」

我簡單回應安達小聲的問候，進入廚房。

「我回來了～」

「回來得還真快……哎呀哎呀，這不是妳的朋友嗎～？」

原本把腳往天花板方向伸直、很鬆懈的母親因為在意他人眼光而端正了自己的姿勢。安達微微低頭說聲「打擾了」之後，她也做出「好～好～歡迎來我們家」這種和我剛才說的話差不多的回答。這讓我有點不是滋味。在關上門之後，我就坐上了平常坐的位子。由於安達還站在門口，看起來一副不知所措的模樣，所以我說聲「妳就坐那邊吧」叫她坐到妹妹平常坐的位子。

安達說完「就這麼辦」以後把書包放到一旁，坐到椅子上。跟安達一起坐在家裡的廚房……好強烈的不協調感。而且安達也像是萎縮了般縮起身子。看起來很開心的，就只有母親而已。

「安達，妳來幫忙她吃吧。我們家女兒吃東西很慢，很傷腦筋呢～」

「不用多說些不必要的話啦。」

趕快吃一吃去我的房間吧。我大口吃著青椒跟白飯。

「那個……我有先在家裡吃過了。」

安達也真是的，明明沒有必要那麼認真回答她啊。

「我想也是。妳吃什麼？有吃好吃的東西嗎？」

為什麼要那麼死纏爛打？雖然我想這只是母親開玩笑的方式，不過安達有些害怕。

「有吃一個麵包。」

安達一邊拿下圍巾一邊回答。雖然我在想麵包不是應該用「一片」來算嗎？但是那好像只有吐司才是這樣用。不過她吃得好少。要再多補充一點感想的話，我想她那份早餐應該是配著水吃的。她的飲食生活誇張到，感覺要是再努力一點的話說不定就會變成植物。不過，如果光靠光合作用就能有足夠營養的話，或許可以省下午餐錢，在省錢方面挺有幫助的。話說我最近也開始認真去上課了，我覺得應該也差不多可以讓我帶便當了吧。而且櫃子裡的便當盒看起來也是閒得發慌。

「媽媽不會跟妳說要再多吃一點嗎？照理說都會這樣講吧？父母在女兒莫名在意腰圍，還因為這樣開始少吃東西的時候都會覺得很不安，稍微胖一點會比較讓人放心。」

她說到這，不知為何往我看了一眼。到底是因為說到減肥，還是因為說到稍微胖一點才看向我這裡？她的視線會因為理由的不同而大大改變其中的涵義。雖然很想反駁些什麼，不過我正在大口吃著飯，所以發不出聲音。而且連安達都往我的腹部偷看了一下，在那之後她以輕描淡寫的語氣說：

「她沒有那麼跟我說。而且她不常跟我說話，也不常待在家裡。」

母親大概是察覺到了摻在話中的乾涸氣氛，原本身體向前傾的她說了聲「啊，這樣啊」之後就縮回了身子。

看來安達和她母親之間的關係沒有改善的樣子。會讓她們的關係因為之前的互動而產生改變這種戲劇性轉變的機關，似乎並沒有隱藏在我們生活的每一天當中。像我的成績也不是突然就能變得很好。如果無法乘著什麼很巨大的事物飛往遠方，就只能用自己的雙腳前進。即使那麼做會慢上其他形形色色的人好幾步，追不上也趕不及。

在那之後，一直到我吃完飯為止的那段時間都是一片沉默。

吃完之後我急忙走出廚房，安達也像是跳起來一樣離開椅子，跑來跟在我身後。她把椅子擺回去的動作和反應跟我妹很像，讓我有種非常微妙的心情。

「要乖乖去學校喔～不要一時興起就蹺課喔～」

「好啦好啦我知道，我會乖乖去學校啦。」

我敷衍地回應她，走向盡頭的房間。我在中途回頭一望，就看見安達面露微笑。

「有什麼好笑的嗎？」

雖然一定有，但我故意使壞問她。安達笑著說聲：「沒什麼。」

走廊盡頭房間的窗簾是有拉開，可是還是很冷。室內實際溫度完全不符合陽光照入產生的明亮印象。我稍微考慮了一下要不要開暖氣，但還是姑且把暖氣開起來了。現在既沒辦法在飯後休息太久，開暖氣又有會猶豫要不要出門的危險性，不過現在也有客人在場，所以我決定盛大招待她。

我坐到整齊疊好的被褥上，接著把黃色的坐墊丟給安達。雖然背部因為受到從窗戶射進來的陽光，可以感覺到微微的熱度，不過身體前面卻冷到不行。我沒辦法靜靜待著，在被褥上扭動著身體。安達則是重新圍上圍巾，環視整個房間。

雖然我覺得從她上一次來就沒有變的這個房間裡，根本沒什麼有趣的地方就是了。

「那～妳要跟我說什麼？雖然昨天好像也問過了。」

今天要講的會是昨天的後續嗎？她是不是已經整理好她的思緒了呢？被我這麼一催促，安達便一邊玩弄著自己的瀏海一邊抬起頭來。直直注視著我的那雙眼有些血絲，她的臉色也不是很好。

她是不是煩惱到睡眠不足了？總覺得開始有點對不起她了。

「島村。」

「呃……有！」

「想問妳要不要去哪裡玩？之類……的……」

說到這裡，安達就移開了視線。

「嗯？嗯……」

我點頭的同時，卻在內心疑惑地歪起頭心想：「咦？只有這樣？」她一直都在為了那種事情煩惱嗎？她想講的事情讓我覺得，有種完全沒必要特別去下定決心或是思考的感覺。既不是壞話，也不是對我有所不滿，真是出乎預料。

而且，如果只是那點程度的小事，只要在學校談，或是用郵件告知就好了啊。事情有重要到需要特地來我家講嗎？我實在是越來越搞不懂安達了。呃，雖然我原本就不是非常了解她啦。

「是可以啊，要放學後去嗎？還是說，妳該不會想蹺掉今天的課？」

「啊，其實……不是要約在今天。」

「我想也是，嗯。」

暫時停下對話的安達開始端坐在坐墊上。而原本隨性坐著的我也受到她的影響，連帶跟著把腳縮回來。

安達把手放上膝蓋，身體不斷動來動去。我實在不覺得「要約在什麼時候？」是很難說出口的一句話。我一邊心想是怎麼回事，一邊摩擦著自己的腳在等待，接著安達便低著頭開口說話。

而且還滿臉通紅到連耳朵都是紅的。

「約在這個月的二十五日…怎麼樣？」

「二十五日嗎……我想想……」

她不是指定要星期幾，而是指定日期，我一開始的時候還無法理解到她的用意，甚至會去想當天是星期幾。不過我察覺到她說的「這個月」是十二月，然後想到十二月二十五日是什麼樣的日子之後，便不禁瞪大了眼注視安達。

「二十五日不就是……」

「嗯。」

安達縮起脖子點頭回應。她臉的下半部被圍巾給遮住了。

「是聖誕節吧？」

「嗯。」

安達頻頻點頭。身體還僵硬得像是在忍耐什麼事情一樣。

既然她會承認是聖誕節，就表示她會指定日期似乎確實是有特別的意義存在。

……咦，意義？

指定要約在聖誕節，再加上安達泛紅的臉，總覺得有些意味深長。難道她是想在聖誕節

當天跟我約會嗎？那樣不是相當不可思議的一件事嗎？

沒想到居然會由我跟安達兩個人，來讓我在聖誕節出門的理由成立。

「唔……」

我閉上雙眼。這不是能隨便開口的事情。

感覺只要我問了她為什麼，我們之間的關係的骨幹就會癱軟地扭曲。想要修復那樣的關係，就需要付出莫大的努力、勞力以及時間。我會為了修復關係做到那種地步嗎？這麼一想的話，馬上就會看見一個相當冰冷的答案，所以我沒辦法對她提出那個問題。雖說是這樣，不過——

搞不好兩個女生在聖誕節出去玩，其實還意外常見也說不定。因為聖誕節的時候我都不太會出門，而且也不會到車站前或是鬧區，所以我也不清楚實際上是什麼情形。不過我理解到安達為什麼會看起來一副難以開口的樣子，還要花上好幾天堅定自己的決心才能提出邀約的理由了。因為不論她究竟有什麼意圖，那都是相當大膽的提議。安達妳到底在想什麼？

一股重量和我想像中不同，像是揮之不去的霧那樣的東西壓在我的頭到肩膀上。安達還是繼續保持像在反省一樣低下頭來的端坐姿勢不動，沒有更進一步的說明。因為是她問我，所以是在等我回答的意思嗎？喂喂喂，這樣我很傷腦筋耶。

如果不能問為什麼的話該問什麼？我如此心想，然後得出接下來的答案。

也就是聖誕節當天要做什麼。

「要去哪裡？」

「我還完全沒有想到要去哪裡。」

她講得非常快。

「要做什麼？」

「我還完全沒有想到要做什麼！」

又變得更快了。快到讓我覺得一直重複下去的話搞不好能夠超越音速。應該不可能吧。

「雖然我是……還沒想到啦，不過島村妳……願不願意……」

低著頭的安達不時往上看向我，觀察我的反應。雖然暖氣終於開始讓房間變得溫暖了，但或許其實根本就不需要暖氣。恐怕彼此都已經失去感覺寒冷的餘裕了。

有如灼燒背部的陽光時強時弱。時而躲在雲裡，時而探出臉來。明明在我們這麼做的時候，時間與天空應該都是毫無停頓地不斷流逝、改變，卻覺得好像只有這個房間內的物體呈現完全靜止的狀態。

安達她……這還是我第一次連內心話都無法流暢地浮現出來。因為安達在家裡不曾感受過聖誕節的氣氛，所以她說不定在尋求著那樣的氣氛。於是，安達就來拜託我這個她唯一的（大概）朋友陪她一起出門。

就這樣描述她的心情如何？雖然擅自想像對方是什麼樣的心情很奇怪，但這是要這麼做才能理解……不對，是才能接受的事情嗎？不是指安達能不能接受，而是我。

因為，如果不那樣解釋的話會讓我很傷腦筋。不論是安達的態度，還是她通紅的臉。這樣看起來與其說像是在告白，不如說幾乎像是直接表明了不是嗎？

表明「我很喜歡妳喔」這樣。

如果真是那樣的話，那就不只是對她突然在說些什麼感到驚訝那麼簡單了。

「唔……唔……」

我露出覺得很傷腦筋的抽搐微笑。我有些後悔，或許我不應該硬逼她說出來。雖說就算要一起出去的話也是等二十五日過後比較好，但我根本不可能有辦法預料到會有這種事。於是我就像這樣被迫處於困境，沒辦法說出半句話。

安達的腳開始躁動，可以感覺到她很想逃離現場。不過我希望她可以在逃跑之前處理一下這個狀況。畢竟自己造成的結果就應該要自己承擔。安達或許是感受到我那樣的視線，開始像是要辯解一般結結巴巴地解釋起來。

「啊，其實我沒有什麼特別的意思。我只是……想要在聖誕節……應該說那種熱鬧的日子，跟別人一起出去玩看看吧……不對，就是想……過一下那樣的聖誕節。」

「……這樣啊。」

原來是那種類型的理由啊。原來是希望有人陪在自己身邊啊。那樣的話，我想像出來的理由似乎也意外地並非完全扯不上邊。前提是安達的說法不是假的就是了。

懷疑朋友不是件好事呢，嗯。對方的說法對自己比較有利的話，就會莫名相信對方。

其實這種事情本來應該要拜託家人才對，但到了這種年齡又沒辦法老實說出那種話。而且我覺得再考慮到安達家裡的情形，又更是如此。所以事情才會落到我身上。因為她沒有其他朋友。

什麼嘛，這不就是刪去法嗎？

感覺好像鬆了一口氣。

如果安達希望的不是跟我一起過聖誕節，而是希望有人能跟自己過聖誕節的話——如果是那樣的理由，我也能以「算了，這樣也不壞」的積極想法接受。

「我要在吃晚飯之前回來，如果這樣妳能接受的話，我可以陪妳。」

我這樣回答安達之後，她的背脊就像是突然彈起來一樣挺直，然後面向我。

「真的嗎？」

「如果安達願意自己想好要去哪裡等全部的事情就可以。」

傍晚的時候，我要待在家裡跟家人一起吃飯。我妹雖然是那個樣子，但我不在的時候感覺好像會覺得很寂寞。雖然再過個兩三年以後，應該就會變得就算姊姊不在也不會覺得傷腦筋，而且應該也不會因為聖誕節這種例行節日感到開心就是了。但把安達的心情解釋成她有像我妹那樣的感性，所以很渴望過聖誕節之後就覺得心裡輕鬆了不少。嗯，我想應該就是那樣吧。

而安達她現在則是在左右晃動著身體。她看起來實在是很開心。與其說她是在搖尾巴，不如說好像全身都變成了尾巴一樣，發出啪答啪答的聲響，左搖右晃。她的表情也有如被壓抑住的時間突然開始流動那樣，突然變得明朗。她通紅的臉頰有如白雪融化，散發出耀眼的光輝。

要是對那雙濕潤的雙眼置之不理的話，甚至很可能會落下一滴淚水。

看她開心成那樣，讓我又差點開始推測她的心境……不不不。我搖頭揮去這種想法。

坐在被褥上這種高了一點的地方，搖著尾巴的安達看起來就像是忠犬一樣。

安達犬……感覺好像真的會有這種品種。我想著這種無聊的事情，然後望向時鐘。時間已經來到不去學校不行的時候了。雖然叫安達騎腳踏車載我的話時間上就還有些餘裕，但我很不安地覺得，今天真的可以讓安達騎腳踏車嗎？她看起來樂不可支，讓我非常懷疑她有沒有辦法在騎車的時候去注意紅綠燈。

而且感覺全身都開始在發抖了。她的嘴唇柔軟地改變著形狀。

總感覺即使我曾經有過想捏她臉頰的想法，也很難得會想玩弄她的嘴唇。

「喔？」

安達突然站了起來。這個舉動再加上她的表情，就有如有座火山要爆發了。

「要趕快去學校才行！」

安達突然慌張起來，說出模範生會說的話。她要以有如指向時鐘那樣伸出右手是沒關係，但那個方向只有我妹的書桌而已。

「咦……嗯，那就一起去吧。」

「快……走吧！噗……不快點走的話就來不及了！啊，好忙，好忙！」

明明講話的流暢度就糟透了，卻只有手腳的動作分明得像棍子一樣。她展現出像人偶那樣不彎曲膝蓋的跑步動作，急忙地往玄關邁進。我聽到一陣聽起來像是非常慌張地在穿鞋的聲音，還有門被大力打開的聲音。她每次走出這個房間的勢頭會不會都太強了？這讓我不禁在心中小聲說出「殿下請等等我吶！」這種像是時代劇裡會出現的話。

「讓我站在腳踏車後座一起去學校啦～」

原本還以為今天早上可以輕鬆一點。我轉頭看向窗外，就看到安達如同要逃離事件現場一般，正在用最快速度騎著腳踏車離去。她還站著踩踏板，是很認真在逃走。她的舉止可疑到如果我是警察的話肯定會叫住她，而且可以聞到發生事件的味道。

我想起她之前也曾像那樣自己一個人先回家。

我這次沒有犯下任何錯誤……應該是這樣才對啊。可是安達也沒有做什麼，所以問題可能還是出在我身上也說不定。房間好不容易暖起來了，卻因為安達讓門敞開著而越來越冷。

感覺就好像被寒冷的空氣催促說「不要再待在這裡了，趕快去學校」一樣。

「……唔～」

最後再閉上一次眼睛，發出低吟。算了，不管了——我用這個想法忽視掉各式各樣的問題。

我跟安達。

雖然我們之間沒有什麼特殊的命運，卻有在相遇之後逐漸堆積起來的東西存在。

於是，今年的聖誕節就決定和安達一起出去玩了。

……反正，就算我待在家裡，聖誕老人也不會來。

附錄「肉店來訪者２」

我一直都對於熟食店的可愛吉祥物抱著一股微妙的情感。

像是豬排店穿著廚師服的可愛小豬，或是章魚燒店露出微笑的章魚。

「店裡賣的可是那些傢伙的肉耶。居然還一臉若無其事地在當吉祥物，這怎麼行啊。怎麼說，就是那種……呃，這很難用言語形容啦。這種完全就是照著賣方要求做出來的吉祥物是很可愛沒錯，可是看著看著就覺得無法接受。心裡會有種跟覺得可憐又不太一樣的……同情？對，心裡可能就會有種像是同情的情感。」

「是喔～原來日野也會去思考這麼複雜的事情啊。」

「不要把我跟妳混為一談。」

我揮手說著「ＮＯ！ＮＯ！」，永藤的視線就跟著我的手一起左右移動。雖然這傢伙曾被說過腦筋轉得很快，卻從來沒有人稱讚她很聰明。小學時的聯絡簿上也曾被寫說「只有外表看起來很正經」。由於這種說法實在是太毒了，永藤的父母還去跟寫下這段話的老師抗議，在當時造成了小小的騷動。雖然當事人自己很開心地在享受著結業式之後的春假，還跟我一起玩瑪利〇賽車。

「嗯，我知道日野想說什麼了，所以我就努力想一個吉祥物出來吧。」

「妳根本一點也不懂嘛～」

她每次都是這樣。我說這段話也只是打算自言自語而已，並沒有期待她的回答。

我們離開學校以後踏上返家之路（雖然我還沒回家）來到永藤家，現在我們兩個正在一起構思可愛的吉祥物。好像要用在永藤家的店裡。雖然不知道這是誰的提議，但因為伯父他們拜託我來幫忙，所以我沒能拒絕。好像是因為只交給永藤一個人的話，有可能會生出很莫名其妙的吉祥物，才把我找來的樣子。嗯，我能理解。感覺她會做出明明是要構思肉店吉祥物卻弄出一個海膽女孩這種事情。像她剛才就有在畫鸚鵡，還畫得相當好看。

在暖爐桌上擺上色彩繽紛的筆跟畫紙，就覺得好像在畫圖來玩一樣，讓我想起以前的事情。以前的永藤很喜歡畫漢堡肉，然後都會用馬鈴薯來點綴。

「妳有想到什麼了嗎？」

「嗯～用『乳牛永藤妹』就好了吧？」

「長什麼樣子？」

咦，要深入檢討這個嗎？我只是開個玩笑而已，她卻探頭望向我的手邊。我什麼都沒有想到，但還是跟她說「等我一下」，連忙開始畫起圖來。明明也不是說有想到什麼吉祥物，是要畫什麼？我把畫圖的事情全部交給我的右手，接著就畫出了永藤的臉。雖然有簡化過，但就跟她的臉一模一樣。

永藤看了之後，便說：「好像在哪裡看過。」這個家裡沒有鏡子嗎？還是妳想要說，我的繪圖力不堪入目到無法分辨是什麼東西嗎，永藤小朋友？

應該說從名字去聯想也該懂這是什麼吧。永藤的反應每次都會讓我心中充滿許多想說的話。不知道該說她很笨，還是該說她很糊塗。我開始意識到這傢伙有些奇怪，是在升上國中之後那陣子，然後就發現到她跟別人比起來是個步調很獨特的人。她的思考並沒有很遲鈍，可是非常我行我素。這部分或許跟我們在高中認識的朋友——島村很相似。也可以想成可能正是因為她們很像，島村才會跟我們成為朋友。只是雖然島村也有會去配合別人的時候，但永藤就幾乎不會。真是令人傷腦筋的傢伙。把那個令人傷腦筋的小孩拿來跟我的傑作相比，就能發現永藤妹沒有戴眼鏡。看來以我的角度來說，沒戴眼鏡的永藤比較正常。

「妳是從什麼時候開始戴眼鏡來著？」

「小學六年級，那時候視力突然就『咻——』地掉下來了。」

到底是掉到哪裡去了？因為是永藤，所以就算她的視力會在睡覺翻身的時候脫落，然後直接被她的身體壓扁也不奇怪。或是在打哈欠的時候跟著眼淚一起掉出來。永藤就是個非常適合這種糊塗笑話的人。

不過她說是從六年級的時候開始戴的，那我就懂了。因為我跟沒戴眼鏡的永藤相處的時間比較久。永藤總是一下戴著眼鏡一下拿掉，是有什麼標準存在嗎？

「話說回來，這個吉祥物跟我們店有關聯嗎？」

「啊～沒有沒有，是沒有呢。好，那這傢伙怎麼樣？」

我拿起藍色系的筆，開始流暢地畫起圖來。我畫了一個Q版水藍色頭髮女孩拿著冒著熱氣的可樂餅、露出心滿意足笑容的圖。前陣子她來這邊買東西受到了大家的矚目，所以也不算是完全沒有關聯。雖然直接把她本人抓來招攬客人好像還比較快。

「可樂餅女孩嗎……那就用這個好了。」

「喔～喔～居然給我說就用這個，還擅自幫她取名咧～」

「那就給日野一些獎勵吧。」

完全沒把別人的話聽進去的永藤，說了一句會讓我很開心的話。

雖然差點就要歡呼一聲「好耶～」，不過總覺得這種發展好像似曾相識。

「該不會又是親額頭吧？」

「妳不要嗎？」

難道以永藤的角度來說那可以算是獎勵嗎？……這傢伙果然很奇怪。

她是不是覺得在額頭上親一下比點心之類的東西有價值啊，哈哈哈。

……這傢伙真奇怪。呃，雖然剛才我也這麼想過啦，但我還是有辦法一直這麼想。這傢伙真奇怪。

「嗯～算了，就收下妳的獎勵吧。」

雖然會收下這種獎勵的人也夠奇怪就是了。我離開暖爐桌，撥起自己的瀏海。永藤爬近我這邊，在身體依然維持前傾姿勢的狀態下，把手伸向我的下巴。她的另一隻手則疊上位在稍微有些距離的我的手上，形成我的手被夾在冰冷的地板跟溫暖的手中間的狀況。

永藤的臉開始朝我接近過來。她從讓我覺得她會不會直接親上我嘴唇的角度，自然而然地——雖然我慌了一下，不過她改變了前進的方向，確實朝著我的額頭前進。永藤的嘴唇貼上我的額頭。當我回過神來，就發現連永藤跟我的腳都交疊在一起，身體角度也斜到甚至會讓我覺得她是不是會直接撲倒我，然後大口大口地把我吃掉。永藤跟我靜靜地僵在原地。

我們兩個一起變得像雕像一樣。

現在映入我眼簾的就只有永藤的下巴和她蒼白的脖子根部。

……會不會太久了？她想要這樣「啾——」地貼著我的額頭到什麼時候？我是不知道有沒有什麼規則存在啦，有那種像是嘴巴至少要貼著幾秒才能離開之類的嚴格規定嗎？

「妳們真的很要好呢。」

旁邊突然有人出聲搭話，讓我嚇得肩膀跟腰都跳了一下。頭也產生很大的動作，而永藤似乎也因為這樣去咬到嘴唇，一邊摀著嘴說著「痛痛痛」一邊把臉移開。

從店裡回到家中的伯母——也就是永藤的媽媽，看到我們之後就面帶微妙的表情在笑著。我因為被看到我們在做什麼而覺得莫名難為情，想拉開和永藤之間的距離，但因為永藤的手放在我的手上，所以我沒辦法離開她。而伯母就那樣直接鑽進暖爐桌，然後打開電視。永藤的眼睛轉往電視的方向。為什麼妳那麼冷靜啊？

「要記得好好收拾喔。」

伯母看向桌上，永藤回了一聲「嗯」……接著就望向了我。

雖然我想說的跟想喊出來的話多到可以堆成一座山，但因為伯母也在同一個房間裡，使得那些話都只能在心裡打轉。那些話在心裡不斷打轉，只有體溫不斷增高的狀態下，永藤對我提出一個疑問。

「我們算很要好嗎？」

「普通吧？」

當我覺得難為情而那樣回答後，感覺永藤她……好像……露出了覺得很可惜的表情。

這傢伙真難懂耶，把眼鏡拿掉！那樣我就能看得出來了！——雖然我如此抱怨，同時卻也訂正我的回答。

「……呃，普通……我們是普通要好。」

只要加上這句話，我們很要好這件事就會變成一件普通的事情。感覺再細分下去會有點可惜，所以我還是決定不這麼做。

至於永藤聽到這句話之後露出了什麼樣的表情，果然還是因為眼鏡的關係讓我很難分辨出來。

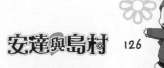

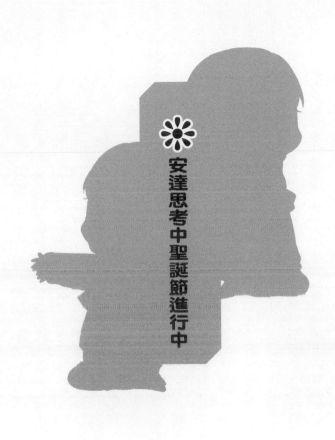

安達思考中聖誕節進行中

聖誕節是什麼？聖誕節是什麼樣的節日？聖誕節這種東西存在著正確答案嗎？基於聖誕節而產生的幸福是什麼樣貌？誕生於聖誕節的人身上會有什麼樣的光輝？

聖誕節究竟是能讓人煩惱到什麼地步的節日？

我決定稍微冷靜一下。

本以為過了兩天應該就會冷卻下來的高溫完全沒有要平息下來的跡象。因為很少遇過事情能夠順利進展的情形，所以當中也包含著我對事情順利進展感到的亢奮。但最主要的原因，還是能在特別的日子當中跟島村出門這點。現在我的心裡有著讓心情無法輕易平復的巨大漩渦，以及波浪。我心想被扭曲的中心吞噬、捲走也不壞，同時也感到我似乎連抵抗那股力量都覺得樂在其中。而且明明現在正在打工，我卻很認真地在想這種事情。

我甚至忘了要去拉露出程度很高的旗袍的衣角，腦中滿是雪景和發出燦爛光芒的聖誕樹。要是太大意的話，還會差點當場跳起來。我在自己房間的時候，也曾在一個晚上內發生好幾次在不斷轉動自己肩膀之後把雙手舉高，重複開合自己的手指，然後仰望自己握緊的拳頭並沉浸在奇妙充實感當中的狀況。我只是仰望窗外那片夜空中的雲朵流動而已，為什麼就會變得那麼高興呢？整個就是在興奮地大鬧特鬧。

但相對的，卻也還沒除掉不安的種子。

眼下最煩惱的事情，就是那一天到底該做什麼才好。

雖然是我自己邀她的，不過聖誕節當天到底該做什麼才好？

要是重現我過去度過聖誕節的方式，就會在相當平穩的狀態下結束，所以我必須要知道一般人度過聖誕節的方法才行。雖然我因為這麼想而買了標題寫著「聖誕節約會特集」這種看起來很像會寫著那些事情的雜誌，但裡面並沒有刊載大家聖誕節時會去什麼地方的統計。呃，雖然我們兩個的情形也不算是約會啦。不過那本雜誌有說推薦可以去看電影。上面還附加了「不會煩惱要去哪裡，而且只要互相討論看完電影的感想就不怕沒有話題」的說明，原來如此，這方案或許不錯。可是島村對電影感興趣嗎？島村都不會主動談起自己的事情，所以我也察覺不到她到底喜歡哪些東西。我覺得明明不是很清楚對方是什麼樣的人，卻喜歡……不對，該怎麼說，應該說是會對於對方抱有「那種」感情，也是挺奇怪的。雖然也可能反而會因為不清楚對方是什麼樣的人，而更想去了解自己喜歡……抱有類似喜歡的「那種」感情的對象也說不定。

還有，在雜誌的介紹當中也有在家開派對這個選擇。那好像是待在家裡吃些好吃的東西，然後一起玩樂的活動。感覺以我跟島村的個性來說，這種活動似乎比較符合我們的性格，不過派對要開在誰家？不論是讓島村來我的房間開派對，還是讓我混在島村的家人當中開派對，都只能感受到滿滿的不協調感。果然還是去外面比較好。

我在人生當中大概不曾這麼煩惱過。我現在比高中入學考的時候還要拚命。

其他還有要穿什麼衣服之類的眾多問題正等著我去煩惱。

……去買新衣服好了。島村她喜歡什麼樣的衣服呢？

「別發呆～！」

突然有個人影從旁邊竄出，還一邊跳著奇妙的舞蹈一邊告誡我。是店長。她還是一如往常，是個很有精神的阿姨。另外一個負責廚房的年輕人已經習慣日文，發音也變得比較自然了，不過這個人卻完全沒有任何變化。雖然這透露出她「只要能溝通就好」的態度，但我不討厭她這種隨便的個性。

天天都會待在這間想作中菜館（意義不明）裡的，有身為老闆的阿姨跟負責廚房的人，不過開始發廣告跟折價券之後的那幾天，店裡客人很多的時候就會不知道從哪裡跑出一些幫手。當然，大家都是外國人。有時當其他同樣是台灣風味的中菜館缺人手，或是店裡換過裝潢重新開幕後預計會很忙碌的時候，他們也會過去幫忙，人手的出借相當頻繁。從大陸來的人們之間的情誼似乎相當堅固。雖然我覺得連菜單都是每間店用一樣的這點，實在讓人難以認同。彩色照片上的餃子豈止是數量不同，連形狀都不一樣。

我突然想起一件事情，然後決定早點向因為沒有客人而持續跳著舞的店長告知一下。

「聖誕節……啊，二十五日的時候可以讓我休息一天嗎？」

聽到這句話的阿姨眼睛突然為之一亮。明明平常都是一副很想睡的眼神，卻只有這時候才這樣。

「約會？」

「雖然……不是那種說法就是了。」

不小心變成了奇怪的否定句。「說法」是什麼意思啊？是想說只是換了個說法，其實本質上不變的意思嗎？而且約會本來就是為了促進和自己在意的對象之間的感情，還有為了享受一段快樂的時光而一起度過一段時間的意思……吧？若是這樣的話，那說是約會也不太算是錯誤的說法。和島村約會。光是想到這段文字，就覺得好像會有熱氣從腦袋裡冒出來。

既然在什麼事情都還沒開始的時候，就亢奮成這樣的話——

那對我來說可能真的算是約會吧。我稍微讓自己老實一點，承認這件事。

不過當我一去意識到這件事以後就開始覺得非常難為情，使得我有些後悔，覺得早知道就別承認了。

隔天，我心不在焉地在上課，等到回過神來就發現已經是午休時間，而且還漫無目的地走在走廊上。我這樣沒問題嗎？我回頭望向自己走到這裡來的路。難道我就像開始想念山上的阿爾卑斯山少女一樣，不小心下意識地去追尋島村了嗎？即使我一邊如此心想，一邊凝神注視周圍，還是沒有在走廊上看到島村。如果她有目擊到我搖搖晃晃地走出教室，她會有什麼感覺呢？

我需要先從這裡是幾樓這點開始確認。我看向窗外。校外的景色映入眼簾，我從景色的高度來判斷出這裡是二樓。這是個會讓人煩惱該回教室還是該去餐廳的一個位置。

不過這個樣子還真像是得了夢遊症一樣。不過行走的地方不是夢中而是現實，很有可能也會發生撞上誰或是什麼東西的意外。考量到也有可能跌下樓梯，還是稍微看著前面再去心不在焉吧……好困難。

在我猶豫該走原路回去還是繼續向前走的時候，有一個人從後面走過我身旁。因為是認識的人，於是我便小聲向她搭話，接著對方也轉過來面向我。是日野。她那稍長的頭髮跟著她的動作一起擺動。

「喔！妳好啊！安達達。妳在發什麼呆啊？是頭暈了嗎？」

「不是那樣……」

「啊，應該是在等島村吧？」

很遺憾的，事情也不是那樣。我含糊地說聲「呃，也不是……」來表示否定。

話說回來，另一個人不在這裡。雖然我有在想她是不是會馬上跟上來。

「我才想說還真難得只有妳一個人呢。呃……永藤呢？」

「啥？」

日野開始往左右兩邊進行確認。該不會一直到我跟她說，她才發現永藤不在吧？

「真的耶，她不在。那傢伙居然會跟丟我，還真難得。」

這還真是奇妙的說法。我想像起永藤獨自搖搖晃晃地走向遠方的模樣。如果只有那樣的話感覺很奇怪，不過要是再加上走進點心店的畫面，就會覺得很符合她的形象。

「反正她應該還是有辦法走到餐廳吧。要先過去占位子才行。」

她這樣到底是信任永藤，還是不信任呢？本以為日野接下來會直接離開，不過她卻對我招手。她輕快地彎著手指，是要我過去她身旁的動作。

「安達兒也過來跟我們一起吃～飯如何？」

「我？」

「因為也沒有其他安達同學認識的人在嘛。想說妳會走來這裡應該是要去餐廳。」

日野朝我露出像是在磨牙一般的清爽笑容。她的容貌會讓人覺得容易親近，再加上身高差距，讓我覺得好像在跟年紀比我小的人對話一樣。雖然對她本人說這種話的話，她應該會生氣。

「那我就跟妳一起去餐廳好了。」

因為我也有些事情想請教日野，於是決定和她一起前往餐廳。

這搞不好是我第一次在島村不在身邊的狀態下跟日野走在一起。一定是第一次。現在想想，我在學校裡沒待在島村身邊的時候，都不曾跟其他人在一起過。因為我沒有覺得自己想跟別人待在一起，所以自然而然就會變成那樣。為什麼我不會那麼覺得？——差點就要開始不斷挖掘起自己的過去了，於是我決定忘記這件事。現在的我沒有多餘的心力可以煩惱那種事情。因為我的頭正處於被裝飾成右邊是島村，左邊是聖誕節這種特殊外觀的狀態。

「話說我記得之前好像有從島村那邊聽說，又好像沒有從她那邊聽說，不過聽說安達兒的英文成績很好是嗎？」

我想應該不可能從島村以外的人那邊聽到有關於我的事情。應該說，島村到底都說了關於我的哪些事情？我更在意這一點，同時以「與其說是很好，不如說是在成績很差的人之中算是普通的而已」這種安全的答案回答她。就在日野毫無意義地表現出很佩服的態度，說聲「是喔～」之後沒多久——

「Hello！」

她就突然用英文向我打招呼。她從上一句連接到這一句的方式實在是太過單純了，害我差點被嚇得心驚膽跳。

「哈……哈囉～」

我對絕對什麼都沒想，只是因為臨時想到才突然說出「Hello」的日野露出微笑。日野就像個小學生一樣，而且是就好的方面而言。啊，這跟她的身高沒有關係。

「…………………………」

我接下來要說的絕對不是什麼壞話，而且我根本就不可能會覺得島村礙事，不過島村不在的話，我就不會排斥跟日野或是永藤待在一起。不，應該相反吧。如果日野跟永藤在場的

話，就會覺得我跟島村之間有著一道牆壁。換句話說，就是會覺得日野跟永藤很礙事。

我知道她們兩個的個性都很好，並不是什麼壞人。即使如此，日野跟永藤身上還是不可能有著同於我在島村身上感受到的感覺。我自己也不知道她們的差別究竟在哪裡。假使這是喜不喜歡、討不討厭的問題，也很難明確說明為什麼會覺得喜歡或討厭。我並不是那種會因為有什麼藉口就去喜歡一個人的類型。

我跟日野一起走在校舍裡，從教師室旁邊繞進去之後就抵達了學生餐廳的入口。冬天的風吹進連接校舍的走廊與校舍之間，使得走廊變得像是風專屬的。設置在走廊上的餐券販賣機前排著長長人龍。當然，有一大半的人都在發抖。雖然有很多人抱怨，但校方似乎沒有要改變販賣機位置的預定。我們走到排隊人潮的最尾端加入隊伍，在排隊的期間，我拿出手機來確認有沒有訊息。以往都是因為沒事做、兩手閒著才會這麼做，但現在這個行為有它的意義存在。看見沒有島村傳來的郵件之後，我就放了下心。她也不是一定不會寄來「抱歉，還是算了」這種簡單的拒絕訊息，我一直很擔心這件事。

沒有人能保證滿心期待的旅行當天一定是晴天。雖然我一直把不可能什麼事都能順心如意這點銘記在心，但還是只能祈禱只有這件事一定要能順利進行。

我最近有沒有做過什麼好事？——我想了想有沒有什麼能夠作為許願籌碼的事情，但想到我很少接觸周圍環境，所以也不是常常有那樣的機會。我發誓在聖誕節之前至少要主動去做一件好事。

排了約十分鐘之後，終於輪到我了。我希望今天可以稍微暖一下身子，所以點了拉麵。日野說聲「我也選那個吧」然後買了跟我一樣的餐券。學生餐廳的拉麵裡都會放進鳴門卷。總覺得最近在外面的拉麵店，好像都看不到那個漩渦模樣的東西了。

「安達兒有什麼興趣嗎？」

我們握著自己的餐券走進餐廳，然後再次走進櫃台前的排隊人潮裡排隊，而日野便在排隊時問了這個問題。我心想之前島村問這個問題時，我也回了她一個很無聊的答案，同時也在這時候對日野做出同樣的回答。

「我沒什麼興趣。」

沒有的東西就是沒有，就算謊稱有，也不能怎麼樣……而且，我也不可能說出我的興趣就是島村這種話。

「什麼嘛，跟島村一樣啊。」

日野突然提到那個名字讓我嚇了一跳，不過在聽清楚她說什麼之後，我就鬆了口氣。看來並不是被她察覺到了我現在的心境。她這句話反倒讓我感到心中有股情緒逐漸高漲。

跟島村一樣……跟她一樣嗎？

「喔，怎麼了怎麼了？想起什麼好笑的事情了嗎？」

因為日野探頭看向我的臉，我才察覺到自己現在是什麼樣的表情，連忙揮手跟她說「沒什麼」。如果島村在場的話，被她看到我像這樣突然笑出來，說不定還會覺得我是個奇怪的

傢伙。不過，那樣算是比被父母說不知道在想什麼還要有所成長了嗎？

順利拿到拉麵之後，我們就面對面地坐在長桌邊緣的座位。學生餐廳裡聚集了相當多的人潮，也幾乎沒有空位。日野在旁邊的椅子上放上手帕，大概是要幫永藤占位子吧。我看她那麼做之後，一邊心想島村等等會不會也過來餐廳，一邊看向隔壁的座位。但隔壁座位上已經有人了。

日野很有禮貌地雙手合十，說了聲「我開動了」。而我也學她說出一樣的話。之後我就像是在觀察她一樣，看著她拿筷子夾起麵的模樣。像這樣面對面仔細觀察，才發現日野的每一個動作其實都很謹慎。雖然她會讓人覺得個性奔放，但她父母的管教方式說不定意外地很嚴格。

「我問妳。」

「嗯～？」

日野一邊咬著豆芽菜一邊抬起頭。她的鼻子亮亮的。

隔了一段空檔之後，我才開口詢問日野一件我很想問她的事情。

「妳知道島村她喜歡什麼嗎？」

說到聖誕節，就會想到禮物。聽到這個詞，第一個想到的就是那個。就算不能從島村那裡收到禮物，我也要送禮物給她。我要照著我心中「這就是聖誕節」這種類似刻板觀念的印象去做。

「那傢伙喜歡的東西……等等，她有喜歡的東西嗎？」

日野面露詫異的表情，反過來對我提出疑問。明明現在是我想問她問題。我們彼此都吸了一口麵條。日野咬過豆芽菜、喝一口水之後便拿著筷子將雙手交叉在胸前。

「島村的喜好嗎……以那傢伙的個性來說，她不是會提到這種事情的人呢。」

「嗯，我知道。」

就是因為我不好意思直接問本人，而且她似乎也不會告訴我，我才來問日野，結果卻連她也不知道。

「妳有沒有跟島村一起去逛過街？」

「逛街嗎……是有過幾次啦。像是一起去逛書店，然後還有一起去茶店看過這樣吧。」

「茶？」

「不過是因為我的關係才過去，島村只是順便看一下而已……啊，我記得那時候她好像說過，她覺得哪個茶葉很香很喜歡的樣子。忘記是在紅茶那一櫃，還是日本茶了。」

「是喔……茶嗎……」

那種禮物說不定也不錯。感覺比起格外用心地去挑些小裝飾，選茶葉的話她或許還能比較輕鬆地收下。最重要的是那還是島村會中意的東西，那可是很珍貴的。

「妳想得起來那種茶叫什麼名字嗎？」

我再繼續深究下去，日野就把筷子放下之後才把雙手交叉在胸前。

「等我一下喔……啊～是叫什麼啊？不是麥茶，是在哪一櫃啊……不行，我忘了。雖然就快想起來叫什麼名字了。我想只要看到就會想起來叫什麼了吧……大概。」

「只要看到……呃，可以……幫我過去看看嗎？」

不只是茶的名字，我連賣茶的店家在哪裡都不知道，所以只能拜託日野。

我沒辦法把我不喜歡跟別人一起行動這種話說出口。

日野發出「嗯……」的聲音，眼神游移，之後就冷靜地回答我說：

「找島村一起去，直接問她不就好了嗎？」

日野很合理地說出讓我很傷腦筋的話。那麼做的確最好沒錯，但現在不太好約她。

而且問她這種問題的話，馬上就會被發現我想做什麼了。總覺得那樣的話會很可惜。

日野看到我一直不說話之後，就好像察覺到了什麼事情似的點頭說：「我懂了，原來如此。」

「如果是那樣的話，我就陪妳一起去挑吧。」

雖然不知道她是怎麼理解的，不過她似乎察覺到我不想讓島村知道這件事了。

「啊……嗯，謝謝妳。」

「今天放學之後可以嗎？地點在購物中心。」

「嗯……知道了。」

因為是鄉下地方，遊玩的地方自然就會比較沒得選擇。以我們的情況來說，選擇就少到只能選要去購物中心還是車站前而已。我想，和島村一起度過聖誕節的時候，恐怕也會去購物中心裡的某個地方吧。畢竟不可能到處都看得到漂亮的景觀。

不過，居然要跟日野一起去逛街。總覺得會和跟島村出去感到不同意義上的緊張。

「不過，島村她生日快到了嗎？」

「咦？不知道耶……我想……應該還早。」

因為她應該已經十六歲了。要說近的話，反而是我的生日還比較近。

「咦？原來不是因為她生日之類的才要送禮物嗎？」

日野露出覺得很意外的表情。因為時間很近，如果讓她仔細去思考到底是為什麼要送禮物，很可能會因為日期很接近而被她發現我的真正用意，所以我連忙試著去掩飾。我急著說些什麼，但就只是空有氣勢而已。

「呃……就是因為那樣？就是因為那樣。」

我在語尾音調非常詭異的狀態下，硬是連續點頭了好幾次。同時心裡焦急地想：要是她深究這個部分會讓我很傷腦筋。

「啊，看到日野了。」

此時永藤走了過來。

日野很高興地抬頭說一聲「喔！」。她的鼻子又亮亮的了。

對我來說，永藤是在一個相當剛好的時機出現，使我很想向她道謝。

永藤手上拿著的是福利社的麵包。她剛剛是不是去買麵包了？

雖然她特地把麵包帶來這裡讓我覺得很不可思議，不過我理解到她會這麼做是因為日野在這裡。我有點嚮往她們這種不需要事先約好，也會自然而然聚在一起的關係。

「哦～哦～妳來得很慢嘛，永藤小朋友。妳是迷路到哪裡去啦？」

「嗯～」

永藤無視於日野的話語坐到她的旁邊，然後把手放到日野的頭上。

她輕敲日野那一頭看起來很柔軟的頭髮。日野以像是在模仿什麼人的威脅語氣對她說：

「妳做啥啊！」

「沒有比剛才還要小。」

「啊？」

「因為我在想說是不是日野變得比平常還要小，我才會跟丟。」

原來她還真的迷路了喔。在我覺得傻眼的同時，日野也對永藤的頭做出反擊。

她這一敲，敲出了清脆的聲響。接著她們就若無其事地開始吃起午餐。

她們感情真好。要伸手去敲島村的頭這種事情，我實在是辦不到。

「抱歉～安達兒，妳等很久了嗎～？」

原本應該是在校門口等的日野不知為何在向我招手。
我非常煩惱到底該怎麼回應她。雖然我知道她是在開玩笑，但我該用怎麼樣的玩笑話回她會比較理想？因為我的反應太慢了，所以日野也保持舉著手的模樣僵在那裡。
「我去牽腳踏車，所以也沒有在等……抱歉，變成單純在陳述事實了。」
「唔……不會配合別人開玩笑，妳也是島村系的人呢。」
雖然把我算在「島村系」這個類別裡讓我很高興，但也讓我覺得心情很複雜。
我想，如果島村是像我這樣的人，我一定就不會產生喜歡……像是喜歡的感情了。
「不過妳很努力在想要怎麼搞笑這點值得讚賞。」
「……謝謝。」
意外收到一句讚賞的話。不，這番話感覺也像是在安慰我。
「永藤不在這裡嗎？」
「喂喂喂，我可不是那傢伙的媽媽喔。我們兩個也不是總是在一起啊。」
日野裝模作樣地做出回應。真要說的話，其實會因為身高的關係，導致永藤感覺比較像媽媽的角色——這話我沒有說出口。或者說她們是像姊妹，然後日野是妹妹——這句話我也吞回去了。
「那傢伙說她有事。不過，這種狀況一年裡面多少都會有個一次。」
我比較驚訝的是一年裡居然只有一次。雖然我想日野應該只是隨便說說而已。

不過感覺永藤就某種意義上而言，比島村還要更難理解。

「好！那走吧～」

日野一邊大力舉起自己的手，一邊開始踩著小跳步前進。

明明外面就冷到不行，而且今天連太陽都被雲遮住了，讓我很佩服她在這種情況下居然還能這麼有精神。

「妳不搭上腳踏車後面嗎？」

「要啊。不過不先離開學校一段距離的話，被老師看到會被囉唆好幾句不是嗎？」

說著她便快步走到校外。雖然之前島村就曾用像是在開玩笑的語氣說，日野跟永藤是模範生，不過我現在才理解到大概就是這種感覺。島村是個在腳踏車停車場的時候就會搭上腳踏車後座的不良少女……不良少女反而比較輕鬆這點也挺奇妙的。

「幹嘛～？」

走在前頭的日野大概是感覺到了我的視線，轉過頭來看向我。

「想說日野還真是個模範生……」

「再多誇獎我一點也沒關係喔～」

開著玩笑、一副得意洋洋模樣的日野在經過轉角之後，立刻跳上了腳踏車的後座。

比島村的手還要小、還要輕盈的手，放上了我的肩膀。

雖然是平日下午，但購物中心的停車場卻停滿了車。連腳踏車停車場也擺滿了淑女車，停個腳踏車都要費上一番工夫。要是停的時候不小心跟其他腳踏車靠在一起，也要擔心自己的車可能會在別人牽車出來時被弄倒，或是反過來在自己牽車時弄倒別人的車。我在學校的腳踏車停車場也遇過好幾次那種情形。

我們從一樓寵物店旁邊的入口進入購物中心。帶路的部分只能交給日野，所以我只負責跟著她走而已。而現在負責帶路的日野則正在講電話。「嗯，對，是沒有什麼理由，反正我會去一趟，有沒有什麼東西要買……啊，好好好，要幾個？五個？嗯，知道了。」

從講話方式來判斷，看來應該是在跟家人講電話。我也裝模作樣地拿出手機確認有沒有未讀郵件……沒有。很好很好。雖然本來就很少收到島村的郵件了。我想最後一次收到，應該是問會不會仰臥起坐的那一次……那個問題到底是怎麼回事？即使到了現在，我還是會對那件事感到不解。

經過購物中心裡那每週都會賣不同商品的蛋糕賣場跟酒品賣場前面之後，就看到了麵包店對面那間位於十字路口一角的茶店。光聽到「茶」這個字的時候，腦海裡是模糊浮現了綠色的印象，不過店裡是以褐茶色居多。這是因為櫃子上陳列著許多裝有茶葉的袋子。招牌上刻有像是古代人名的文字，應該是唸做「三國屋」吧。

一進到店裡，站在旁邊的店員就遞出一個小紙杯，說「歡迎試喝看看」。突然收到的紙杯裡頭裝的是茶。紙杯裡的茶只有和小指長度差不多的高度，只有一口的份量，喝下去之後就先對舌頭造成了影響。就算沒有去意識到，但舌頭似乎也冷到了極點，於是我就在毫無心理準備的狀態下碰到了很燙的液體，舌頭因此燙到彈了起來。感覺連眼睛都要跟著花了。

在撐過這波燙口的感覺後，我便對於口中味道老實說出「好苦」的感想，收下空紙杯的店員隨即露出苦笑。接著店員就向日野說聲「感謝您一直以來的光顧」，日野也輕輕舉起手向對方回應「不客氣」。店員沒有要日野試喝，而且她也以一副對這裡很熟悉的模樣開始看向櫃子。

「妳常常來嗎？」

「嗯～算是吧。因為有時候家人要喝。」

日野隨便地帶過這個話題。她這段發言和要來買茶這部分莫名有種千金小姐的感覺……這算是偏見吧？日野拿起籃子，乾脆地把同樣的茶放了大約五袋到裡面。看來應該是她的家人剛才在電話裡拜託她買的茶。包裝表面上寫著「生薑茶」。

「感覺喝了身體會很暖和。」

我在旁邊看著她，說出這樣的感想。雖然一直保持沉默會比較輕鬆，但我卻感覺到有種至少還是要跟她講些話的奇怪義務感。會這樣可能是因為，我今天是站在要她陪我來買東西的立場的緣故。日野拿起一包茶，一邊發出「嗯……」的聲音，一邊摸著袋子表面。

「家人是說對寒冷體質的人很有效……的樣子。」

「日野不喝這種茶嗎？」

「因為我不是寒冷體質啊。」

她把那包茶放回籃子裡，然後邊說著「是在哪裡來著？」邊抬頭望向櫃檯旁邊的櫃子。

櫃檯旁邊的是紅茶櫃，旁邊則是中國茶櫃，日野正交互看著這兩個櫃子。

櫃子底下有擺著分別裝有各種紅茶茶葉的罐子，讓人可以去聞味道。這些茶葉盡是些我不知道的品種，所以我就隨便挑一種來試聞一下。但我對這方面不太了解，無法明確理解茶葉的味道。當中有的散發清香，也有的帶苦味。

日野也把罐子一瓶一瓶拿起來聞。她能靠味道來分辨茶葉嗎？

我決定暫時先退到後面旁觀。我轉頭望向走道上的大廳。

大廳有塊空間裡放有用來給人休息的椅子，而在大廳中央則擺有巨大的聖誕樹。繞在樹上的燈串按照紅、藍、黃的順序逐一亮起，這些燈若是在太陽還沒下山的時間會很不顯眼，但我想到了晚上應該就會吸引大家的目光。聖誕樹上也還有其他蘋果、星星等裝飾，讓整棵樹變得相當美麗耀眼。

記得小時候也曾在故事書裡面看過這樣的景色。

整座城市和人們都在準備迎接即將到來的聖誕節。在聖誕樹的周圍，有許多人不斷來往。

面向前方。然後，自然而然地低下頭來。

「…………」

其實，這樣應該很奇怪吧，兩個女生居然要在聖誕節一起外出，還滿心期待著那一天的到來。

島村一定沒有在期待聖誕節的到來。既不會感到歡欣期待，也不會感到心跳加速。我想她應該只是把聖誕節當作一種例行節日放進預定行程裡面而已。我們兩個的心態之間有著很大的落差，我究竟是想讓她知道這件事，還是不想讓她知道？要是不想讓她知道的話，照理說應該只要低調行事就好了，所以我果然還是希望她知道這件事也說不定。

但是想到有可能會因此擴大我和島村之間的距離，就覺得很害怕。

這樣的苦惱，簡單來說就等同於單相思的那種複雜心情。

「安達兒同學，我想問妳一件事。」

日野轉頭看向我，沒有放下伸去碰觸茶葉袋的手。她向我搭話，我慌張地抬起頭之後，用「怎麼了？」這句話催促她繼續說下去。

「妳是那種——如果我很有自信地說是這個，結果弄錯時會生氣的人嗎？」

「我想我的個性應該沒有糟成那樣吧。」

「那就好。大概是這個。」

她把拿在手上的茶葉袋子遞給我。看來她意外輕鬆地就想起來是哪種茶葉了。

拿到的袋子上寫著「Legend of Africa」……是個印象跟島村兜不起來的名字。是紅茶嗎？非洲茶？應該就像靜岡茶那樣的感覺吧？不，不可能吧。

「要一起拿去結帳嗎？」

我把茶葉放進日野舉起的籃子裡，決定一起結帳。

在一起結完帳、把錢交給她之後，日野就伸手指向就在茶店附近的咖啡店。咖啡店裡的客人很少，霜淇淋的招牌卻相當耀眼，看起來有些空虛。

「要不要先去喝個茶？」

「呃……那就去喝一下好了。」

她都願意陪我一起來買茶了，所以我想至少請她喝杯茶。

我們只在走道上走了一小段距離，來到了咖啡店。

「我請妳。」

我走到日野前面一步的位置，揮動錢包向她示意。日野睜大了雙眼。

「為什麼？」

「因為妳陪我一起過來這邊，就當作是謝禮。」

「喔！發現安達兒的優點了呢！」

她用非常淺顯易懂的方式誇獎我。像她說得那麼乾脆，我也會莫名覺得開心起來。

拿了點好的咖啡在找位子時，我發現這裡的椅子是四隻腳的。呃，雖然這點本身是很普通，但椅子很粗糙，長得很像國中技術室裡面的椅子。椅腳的木材部分完全裸露在外，相當樸素。不知道是不是原本是別間店的椅子，然後再把它拿過來用。有種民間工藝的味道。

一把身體靠上感覺像是後來非常勉強地硬裝上去的椅背，椅子就自然發出了吱吱聲響。

「這裡有點冷呢，腳涼颼颼的。」

日野一邊用手包覆著咖啡杯，一邊輕輕地用鞋子敲出聲音。腳下的確不會有暖氣吹進來，一直有股讓人安心不下的寒冷存在。看來客人不上門的原因似乎就靜靜地待在桌子底下。

我很怕燙，所以我先把咖啡吹涼後再一次一小口地慢慢喝。不過就算我不怕燙，我想以現在的我來說，應該也會刻意在喝的時候夾雜吹涼的動作吧。因為那樣就會專注在咖啡上，可以拿來當作不說話的藉口。

在我默默喝著咖啡的時候，日野突然伸手指向我這邊。

「妳現在正覺得沒話題好聊很傷腦筋對吧？」

她很準確地猜中了我心中的想法。雖然一開始覺得她很厲害，不過想想我一直都沒說話，那她會猜中也是當然。我用苦笑來敷衍，隨即日野也對我露出笑容。在這時候還能露出清爽笑容這一點，或許正說明了日野生來就是這樣的性格。

「雖然跟永藤來的時候也差不多是這樣啦。如果是她的話，反而是開口的時候會更讓人搞不……」

日野的話在中途停下。她還張著嘴巴。日野就在這樣的狀況下，緩緩把頭向右傾。她探頭看向我身後走道的方向。

我受到她的影響跟著她一起回頭看過去，隨即我的雙眼便睜大到甚至會感到疼痛。

島村跟永藤一起走在路上。

島村很親密地把手放在永藤的肩膀，一起走在路上。

我不由得和日野對望。

「她說有事就是……喔～這樣啊……」

日野動作僵硬地點了頭之後，便用手肘頂住桌子，托起臉頰。她的視線也有種像是顧慮到我才會朝向我的感覺。島村她們沒有發現到我們，就往別的方向離去了。眼睛好痛。會這樣是因為我忘了眨眼。就連眼皮都愣住了。

「妳有聽說嗎？」

她的意思應該是「有沒有從島村那裡聽說這件事」吧。我默默搖頭回應。

一承認這件事，就感到內心有所動搖。可是，為什麼會這樣？

既然是朋友的話，那一起去買東西也沒什麼好奇怪。雖然我是很想用這種道理，讓自己接受她們一起來這裡這件事——

但就是莫名有種不舒坦的感覺。在因為聖誕節到來而感到歡欣鼓舞的時候，卻有股強烈衝擊從旁邊襲來。有種像是打不倒翁那樣，只有身體往旁邊飛走的不自在感湧上心頭。那樣的不自在感打消了事情進行得很順利的錯覺，使得焦躁感和不安一鼓作氣地爆發了出來。我從眼睛的乾燥程度感覺到我眨眼的次數變少了。

日野往前探出身體。然後語氣生硬地說出「唉……真是的」一副在表達「我真是被妳打敗了」的模樣。

「妳這人還真叫人傷腦筋啊。」

「……咦，妳是指什麼？」

她突然伸手拍我的肩膀，讓我感到很困惑。我的頭隨著拍肩造成的晃動感到暈眩。

「要不要跟蹤她們看看？」

日野以有如半開玩笑半認真的語氣如此提議。我在開始思考之前就先張大了嘴巴，但聲音卻還留在喉嚨裡。我像是缺乏氧氣的金魚一樣不斷開闔自己的嘴唇，而我的思考就在這段期間跟上了腳步。我心中的少女命令我要跟上去。正因如此，我才更要提出否定的回答。

「還是不要吧。而且她們……也好像有什麼事情要做的樣子。」

「有事情要做」的部分是我個人的一種諷刺，而且我厭惡刻意說出那種話的自己。島村會跟我以外的人走在一起是理所當然的事情，應該說她跟我以外的人走在一起的次數，照理說比跟我走在一起的次數還要再多上不少。但是，為什麼我的內心會這麼不平靜呢？其實我豈止是想跟蹤她，我更想追上去，然後默默走在她的身旁。雖然日野目前好像還比我從容，不過我有種她的心境可能和我很相似的感覺。有種情感存在於低得能讓我們兩個撫摸頭頂的低處，而我們不禁顯露出了那種情感。

「安達兒真的是個模範生吶～」

日野只露出微小的笑容開口嘲諷我。

在感謝她今天願意陪我來之前就陷入了這樣的氛圍當中，真的是錯失了不少機會。
之後我們迅速喝完咖啡，在仍然飄著微妙氣氛的狀態下離開了購物中心。
我不太記得是否有跟日野一起到學校的腳踏車停車場。

我的手指在手機前面不斷來來去去。
『妳為什麼會跟永藤在一起？』
這段文章會讓人感覺很有壓力。特別是「為什麼」這部分。
真心話比例占得很重的這種說法，使得心中某種討厭的東西逐漸擴大。
要我老實面對自己內心的話，我……似乎是在嫉妒的樣子。
就只是像那樣走在一起，說不定就只是出來玩一下而已，我卻甚至覺得自己像是遭到背叛了一樣，擅自像這樣感到受傷。明明島村也沒做出任何會被人帶去逼問的虧心事。我知道不能這樣，但心情卻完全沒有好轉的跡象。
很想這樣問她，想問得不得了，卻又苦惱著自己是否可以去問她這種事情。
以我的立場來說，我可以問她這種事情嗎？
我可以干涉她所做的每件事情嗎？
再說，從島村的角度來看，我跟日野也是擅自？擅自……我想不到適合的形容，未經同

意？就一起去別的地方了，不過島村應該也不會對這件事有什麼想法吧。我馬上就能想像得到她就算在之後才知道這件事，也會只說句「是喔～真難得耶」就沒有下文了。也就是說，如果島村會像那樣結束掉這件事情的話，那我也必須像那樣做出結論……才行嗎？

我是島村的什麼人？

這個自問讓我稍微冷靜了下來，停下像是因為一時衝動而產生的行動。

我把手機丟到一旁，躺到床上。雖然才剛洗完澡，頭髮還沒乾，但我實在沒有那個心情坐起身子，於是便躺著伸直了自己的手。我將手伸向枕邊，拿起今天買的茶葉的袋子。

茶葉的外面慎重包上了一層送禮用的包裝。這似乎是日野出的主意。

一直呆滯地盯著它看，就覺得心裡的躁動似乎在高溫之下逐漸融化。

我是島村的朋友……就只是那樣。我必須要擁有這種自覺。

我之前都自以為她的朋友只有我一個人。在不知不覺之間，我就開始認為可以和島村單獨兩人一起外出，並且站在她身旁的人就只能是我。對這其實是個嚴重誤會的事實感到心痛才是錯的。即便我再怎麼激動，都只是單方面的想法。

「……要反省。」

像是黑炭般的東西還浮在心頭上。我把那在放學後留下的東西，一個個咬碎。雖然是又苦又濃厚黏稠得讓人覺得不愉快的味道，但要是不把它消化掉，今晚恐怕就無法入眠了。

……在咬完那些又黑又髒的東西以後，重新思考。

我和島村是普通的朋友。無論自己所期望的是什麼樣的形態，現況就是如此。
我想在這樣的現況下逐漸縮短和島村之間的距離，就算只是一步步慢慢來也沒關係。
為此而有昨天、今天和明天。為此而有聖誕節。
但是，也有必須要一直放在心上的事情。
縮短和對方之間的距離，就代表著傳達給對方的東西的份量也會跟著變大。
就像手太靠近火焰就會燒傷那樣。要傳達給對方的東西的份量拿捏很重要。
我收到聖誕節這個題目，想對島村傳達什麼？
愛？不不。愛慕？不不不！喜歡？從剛才開始在腦袋裡浮現的，盡是那樣的詞彙。
總之，就是很溫暖的感情。一種在我的胸口裡緩緩流動的溫暖黏稠液體。
把那樣的溫熱放上她的手時，會有讓她覺得很溫暖的一天到來嗎？
「……島村。」
僅僅是輕聲呼喚她的名字，就覺得胸口發熱。
感覺光是靠著「島村」這兩個字的發音，就能夠撐過今年的冬天。

附錄「社妹來訪者2」

我一邊走在路上，一邊心想回家以後要做漢字的練習題作業，然後練習吹直笛，還有這些全都結束之後要做什麼，走著走著就聽到了「嚕嚕嚕～」的聲音。於是我回頭一望，然後就喊了聲：「哇！」

我一回過頭，就看到了小社。因為她會毫無預兆地直接出現，所以就算是第二次，我還是會被她嚇到。

從學校返家的路上，我再次遇到了小社。這裡是社區中心跟特殊教育學校之間的道路，周圍有很多梨子園。因為是其他小孩也會經過的地方，所以小社吸引了相當多的目光。這樣讓我有點難為情。

大概是因為進到冬天了，現在垂在小社背上的不是帽子，而是圍巾。不知道是不是那些輕飄飄又會發光的東西的影響，感覺圍巾看起來比小社還要重。

小社身上有種獨特的漂浮感。髮型也是在後腦杓綁成蝴蝶結，有點奇怪。

「妳是島村小姐（小）對吧？」

「是……是沒錯……」

那個「括號小」是什麼意思？

「因為會沒辦法區分，就叫妳『小同學』吧。」

「唔喔～跟名字一點關係都沒有。」

不過……就算了吧。這種暱稱挺新奇的，或許還不錯。

反正在學校也只會被人叫「小島」而已。

「小社也在放學回家的路上嗎？」

問了之後，我才發現小社手上什麼東西都沒有。今天她連可樂餅都沒有拿。

「我又沒有去上學。因為我在幾年前就已經畢業了吶。」

「妳不用去上學嗎？真好～」

「很好對吧～」

小社得意洋洋地挺起鼻子。可是她的身高幾乎和我一模一樣。

雖然也是有很嬌小的大人，不過，感覺她說的有點假耶……

我靠上特殊教育學校靠近道路這一側的柵欄。小社也走到我的旁邊來。跟柵欄上快要脫落的水藍色不一樣，她散發出的光芒有種新鮮感。是從產地直接送來的呢。

不過我是在什麼時候跟小社成為朋友的？明明前陣子我還被她追著跑。

……嗯，就算了吧。而且她之前還給我可樂餅。

「我問妳喔。」

「什麼事？」
小社說話的語氣很有禮貌。雖然也有種她講得不是那麼標準的感覺。
「妳真的是外星人嗎？」
「說什麼真不真，我從來沒有說過謊。」
「嘖嘖嘖。」小社邊這麼說邊揮動手指。唔唔，那樣的話姊姊就會變成騙子了。
「那讓我看看證據，證明妳是外星人的證據。」
我像是要舀水那樣合起我的雙手，把呈現碗狀的雙手伸向她。
小社面帶從容的笑容發出「嘖嘖嘖」的聲音，再次揮動手指。
「讓人看證據是違反協定的行為，所以我不能讓妳看。」
「咦～」
「宇宙裡也是有很多嚴格規定。」
「嗚……既然很嚴格的話，那就沒辦法了。」
有種好像被她敷衍過去了的感覺。果然是假的嗎？可是她又是水藍色的。
「喔，那是什麼？」
小社伸手抓住伸出我書包外面的東西。她這個動作讓我的書包產生搖晃，稍微壓到了肩膀。還有小社的頭髮一晃，輕飄飄的光芒就往我這裡飄來。
這讓我稍微嚇了一跳。

「妳不知道什麼是直笛嗎？」

「值迪？」

小社從我書包拔出來的東西是我的直笛袋。居然連直笛是什麼都不知道，看來應該連小學有畢業都是騙人的吧。小社把直笛從袋子裡拿出來，用手指彈著笛子。

「這是樂器，要這樣拿著，從這邊去吹它。」

不小心就得意忘形地開始教她怎麼吹笛子了。小社說著「喔喔」然後乖乖地拿好笛子。

雖然正常來說會不希望別人吹自己的笛子，但對方是小社的話，就不會感到排斥。會這樣是因為她散發出的透明感造成的嗎？待在小社身邊，就會感覺到一種跟冬天的寒冷不同，像是碰到清水的清爽冰涼感。就好像透明的冰塊帶有溫暖的溫度一樣。

小社含住直笛之後，突然就有股嗶嗚咿嗚咿咿咿嗚咿嗚嗚咿咿「嗚叭叭叭叭」這種亂七八糟的高音襲擊耳朵。似乎是因為小社吹氣的力道太強才會這樣。

「喔喔，喔，喔！」

吹出那種聲音的小社自己也被高音弄得暈頭轉向。看她這樣，我不小心就稍微笑了出來。小社散發出的那種飄忽氛圍明明就給人一種「我什麼都會！」的感覺，實際上卻很像個普通人，我心想：「嗯～很普通嘛，這樣啊。」覺得小社和自己是同一個世界的人。

「還真是激烈的音樂啊。」

「很激烈的就只有小社而已啦。」

不過從她剛才吹奏的方法來看，她是真的不知道直笛是什麼東西。

……小社到底都過著什麼樣的生活啊？總覺得好像開始在意起一些事情來了。

「呃，吹氣的時候要再稍微溫柔一點……」

「啊，差不多是特賣會的時間了，我該走了。」

小社用手推一下柵欄，輕快地離開。特賣會？是超市嗎？還是肉店？

我在她把直笛還我的同時覺得有一點點遺憾。本來還想說我可以當她的直笛老師。

不過她又沒有看時鐘，她是從哪裡知道現在是幾點的？

小社回過頭來，面帶笑容向我揮手。

就在我因為她這麼做而準備跟著脫口說出「再見」的時候——

『×▲△★Å♭々θ！』

「咦？」

我就像是眼睛被緊緊壓住一樣，瞪大了雙眼，愣在原地。

我感受到會讓我做出那種反應的衝擊。

剛才的聲音是怎麼回事？

「喔，不小心就說出口了。再～見～了～」

小社用像是在扭動身體跳著舞的動作揮手，然後迅速跑走。

「喂～喂……嗯……」

本來是想要留住她，不過她跑得很快，所以我在中途就放棄了。

更重要的是，剛才那個聲音到底是什麼？我對這部分比較有興趣。

那是我完全沒聽過的語言。應該說，那不太像是語言。不是從喉嚨發出聲音的感覺，而是像直接讓我的耳朵產生震動的那種……英語？法語？還是——

該不會就是——

「外星語？」

是外星語嗎？我疑惑地歪起頭。我一歪起頭，留在小社剛才站的地方的光粒就掉到了我的鼻子跟眼睛上。我用手指去擦拭，光芒馬上就隨著吐出的氣一同飛往天空，在瞬間消失。

我仰望這幅景象，心裡默默覺得小社會不會是由這種光粒聚集組合而成的。

她到底是外星人，還是假裝自己是外星人？

不論是真是假，她整個人都很奇怪這點肯定不會錯。

島村思考中聖誕節進行中

我坐在位子上看著一到午休，連課本都不收就直接搖搖晃晃地走出教室的安達，她沒事吧？她的步伐看起來實在不像是有目的的感覺。她會這樣跟我還有聖誕節有關嗎？我想應該有吧——我如此心想，同時放棄去追上她。

自從來到我家跟我約好聖誕節要出去玩之後，安達就一直都是那個樣子。讓靈魂跑到肉體外面玩耍，身體的動作變得馬馬虎虎的。即使是上課時間，她有時候也會突然露出笑咪咪的表情，從旁人眼中看來真的是詭異到了極點。

過去那個臉上一副若無其事的表情，語氣也很沉穩的不良少女安達，究竟隨著冬天的到來消失到哪裡去了呢？雖然我想她本人應該會覺得這種形象很莫名其妙吧。我也容易被人誤以為便服都是思夢樂的衣服，所以我能了解她的心情。

從她沒有馬上回到教室這點來看，似乎是去了福利社或學生餐廳的樣子。我在想接下來該做什麼，想著想著就看見永藤很難得地一個人呆站著。明明大多時候，日野都會在她身邊。雖然我不確定到底是永藤會出現在日野身邊，還是相反過來就是了。永藤一邊重新戴上眼鏡，一邊往我這邊走來。像這樣看著永藤，就會覺得她很高大。有點羨慕。

「妳有看到日野嗎？」

「我怎麼可能比妳還要清楚她在哪裡呢。」

「說得也是。」永藤不斷點頭，很認真地對我的回答表示肯定。我本來只是打算開個玩笑，不過永藤的說法很正確。我跟日野她們不論是認識的時間還是交情都還很淺。

「我把眼鏡擦一擦，就找不到日野了。」

很難判斷她到底是不是認真地在說這句話。永藤說的話大多是那樣，如果想去分辨的話會讓自己感到精神疲勞。虧日野有辦法跟她待在一起。或許友情這種東西會優先於大多數的情感吧。

「妳今天是吃便當嗎？」

「不是，是要去學生餐廳吃。」

「那日野應該是先去學生餐廳了吧？」

永藤說聲「喔～」拍了一下雙手。在學校裡說到午休的話，會去的地方相當有限。即使是永藤，應該稍微想一下也能想到才對，她是不是什麼都沒在想啊？她這樣不免會讓人覺得「既然這樣，那應該不需要眼鏡吧」。可是她雖然是這個樣子，考試成績卻挺不錯。她的腦袋到底是什麼樣的構造呢？

「島村也要去嗎？」

「我應該會去福利社吧，總覺得今天就是想去那裡。不過就跟妳一起走一段路吧。」

我從書包裡拿出錢包，和永藤一起走出教室。難得會和永藤走在一起。

永藤高大的身材顯眼地出現在視野的一角，讓我自然而然地抬起頭來看她，但她的頭幾乎沒有在動。她的眼睛也幾乎沒有看向左右兩邊，太過筆直的視線反而讓看著她的人感到不安。如果她在外面也是這樣的話，那還真虧她都不會被車子撞到啊。平常日野都在她身邊，應該沒問題吧。話說，記得永藤好像有加入社團，不過不曉得是什麼社團。我完全無法想像永藤跟日野以外的人流暢對話的模樣。她就算是跟我講話，在溝通上都會有點小狀況了。

……對了，就問問永藤吧。感覺她會比日野還要更直率地回答我。

「聖誕節的時候，妳會做什麼嗎？」

想說全部都交給安達決定也不太好，所以我也在思考聖誕節當天要做什麼。

心想永藤的回答可能可以當作參考就開口詢問她，接著她的雙眼便看向我這裡。

「我會吃雞肉咖哩喔。」

她的回答跟我所期待的在方向性上完全不同。

「是喔。原來還有這種的。」

去咖哩餐廳……不對，是跟安達一起煮咖哩……感覺好像有點不太對。

「沒有其他的嗎？像是跟日野一起出門之類的……啊～呃……算了，當我沒問。」

我含糊結束說出口的話。或許是想藉由知道除了我們以外也有相同案例來得到安心，所以才會不小心差點脫口而出。永藤眨了眨眼，然後說：「日野？」

「日野怎麼了嗎？」

「沒什麼，沒事。」

「是嗎？日野她啊……唔～日野她……日野她……」

沒有在聽我說話的永藤不知道為什麼擅自開始煩惱起來了。她將手交叉在胸前，扭動著自己的頭。

「總覺得日野她總是待在我家啊……」

「啊……喔。這樣啊。」

「說到日野，小時候我好像有跟她交換過聖誕禮物吧。」

她突然很有活力地補充了一個答案。這傢伙大致上也很奇怪。

「禮物？……原來如此。」

這或許是個不錯的主意。不過，我有些排斥跟現在的安達商量交換禮物，所以「交換」的部分就不採用，而是單方面送她禮物。不知道當天能不能因為談到那件禮物的事情，讓氣氛稍微熱絡一點？這是我的目的。

但是安達想要、喜歡的是什麼樣的東西？

雖然只要直接去問她本人事情就很簡單了，不過總覺得那麼做就少了些樂趣。

感覺她不太會穿偏貴的鞋子，但要是她指定那種東西的話我也會很傷腦筋。

我一邊想著這種事情，一邊走下樓梯，經過走廊，然後來到福利社前面。在建築物的邊角處設置了一個面向外側的小賣場，負責管理的是一個阿姨。裡面的白色牆壁因為電燈的光芒而看起來有些泛黃。那顏色跟拿來搬營養午餐麵包的大箱子顏色很類似。

福利社的排隊人潮沒有學生餐廳那麼多。等幾個先來的人買完後，就能悠哉挑選了。

「喔~原來有在賣這種東西啊。」

永藤把眼鏡往上移之後，用一副覺得很稀奇的模樣把臉貼近商品一覽表，看著上面的內容。

「妳不曾來買過嗎？」

「我午餐都是吃便當或是去學生餐廳吃，可能不曾來過這裡。」

「原來如此。」

我倒是很常來。會蹺課跑去體育館二樓的那段期間，我也是來這裡買午餐。也因為這樣，我跟福利社的阿姨變得很面熟。她對我露出微笑，我也低下頭向她問候。

然後隨便挑個甜麵包。

話說回來——

「先不提那個了，永藤。」

「嗯？」

「妳為什麼要買麵包？」

我對收下裝有牛奶、紅豆麵包跟雞蛋三明治袋子的永藤提出質問。

她似乎在這時候才想起自己要去學生餐廳。她看向袋子底部。

「對喔。」

麵包和牛奶跟著她的袋子一起擺動。

「說到底妳跟著我來這邊也很奇怪。」

「那妳就跟我說嘛。」

希望就算不用我說，她也能自己想辦法察覺。雖然這對永藤來說可能太過困難了。

永藤嘴上一邊說著「我該走了」一邊搖搖晃晃地往餐廳方向走去。我看著她的背影，跟她說：

「那個啊，如果有空的話，放學之後可以陪我去買東西嗎？」

既然她都跟來這邊了，就順便？邀她一下，結果她幾乎是毫不猶豫就點頭答應了。

「可以啊，不過要買什麼？好吃的東西嗎？」

居然是以食物為前提嗎？就算是吃的也好，安達有什麼喜歡的東西嗎？

「我要去挑聖誕禮物。因為這方面的事情我不太懂，才想約妳一起來。」

再怎麼說永藤都是有實際跟日野交換過禮物的人，說不定可以幫我挑出適合的禮物。我也對她就個性來說，感覺不會煩惱太久就能做出決定這點抱有期待。

要是讓我自己一個人去挑，有可能會沒辦法在聖誕節來臨之前挑好。

「妳要送禮物給誰？……難道是我嗎！」

「不是。」

永藤很高興地指向自己，於是我冷靜否定了她的答案。

「呃~想說買一下要給妹妹的禮物。」

我臨時編出了一個謊言。要是我說安達怎麼樣之類的，害她產生奇怪的想像我也會很傷腦筋。

永藤「嗯？」地一聲，歪起了頭。

「島村有妹妹嗎？」

「有啊，有個小不點的妹妹。」

我沒有說出還有一個比自己高的妹妹。

「日野也很嬌小呢。」

「啊……嗯，是沒錯。」

永藤心滿意足似地不斷點頭。她這樣讓我很想問她：「所以那又怎麼樣？」

我和說完「那放學後見」就離去的永藤道別，然後決定回到教室。

在那途中，我對於把安達形容成妹妹這件事煩惱地發出「嗯……」的聲音。安達是我的妹妹。感覺還真微妙啊。

「……不過——」

我也曾被她叫過「姊姊」。

既然如此，那就只是有點高大還是嬌小的差異而已，沒什麼問題吧。大概。

仔細想想，這或許是我第一次跟沒有日野陪在身旁的永藤一起度過放學後的時光。日野的話，我也曾在假日陪她去釣魚。永藤則是要參加社團活動，又要顧店，給人一種意外忙碌的印象。

「是不是因為忙過頭被搞得暈頭轉向，差點忘記放學後的約定了啊～？」

「因為我忘記寫在手掌上了，這也是在所難免，在所難免。」

永藤面無表情地輕輕揮動自己的手。這傢伙剛才竟然打算直接回家。

我們在走出校門之後就一直走著，現在則來到了購物中心的停車場。這種時候就會很想念安達的腳踏車。我乾脆也把零用錢存起來買台便宜的腳踏車好了。

「永藤妳不練習怎麼騎腳踏車嗎？」

「反正有日野在啊。」

「原來如此。」

那就沒關係了。

我們通過吸菸區前面，進入購物中心。雖然我說等逛完一圈之後再來想要挑什麼，不過她沒有連要挑什麼這件事都忘了吧？我往上看向一旁端正的臉蛋，感到擔心。

「雖然現在才問好像有點太慢了，不過日野不來嗎？我本來以為她會跟來。」

「她說她有事情。咦，她有說嗎？」

永藤歪起了頭。總感覺好像每問她一個問題，她就會煩惱一次。而她似乎在跟日野說話之前，都還記得自己跟人有約的樣子。她到底是因為什麼事情而忘記自己有約，實在很耐人尋味。

雖然永藤無視了入口左邊的酒品賣場，不過她對從那裡往左轉之後的麵包賣場產生了反應。她的臉朝向麵包賣場，同時很有活力地踩著步伐。真是毛骨悚然。

「不覺得麵包也是個好選擇嗎？」

「不好。」

我推著永藤的肩，迅速通過麵包賣場。必須要把她的視線移開紫芋麵包才行。

從茶店旁邊經過時，我想起了之前來這裡的事情。那時候是跟日野和永藤一起來。日野說要買回家喝就買了一堆茶的時候真的很驚人。畢竟她很乾脆地就花了一萬圓以上。

在這段回憶掠過腦海的同時，我們朝著擺有聖誕樹的那條走道前進。看見聖誕樹上華麗到很誇張的裝飾，就會很懷念一件事情。小時候的我看到這種景象，就會希望能爬到樹的頂端。因為我喜歡高的地方。

從高處看見的景色和平常看見的不一樣，以前的我為了追尋景色的變化，而找過各種地方。或許以前的我嚮往著能夠到達不同的世界也說不定。現在回想起來，那種愛冒險的個性確實就像是在看著住在遙遠世界的人們一樣。在以前的我眼中，看起來應該也是那樣吧。

雖然已經不記得了，不過以前朝著遙遠世界邁進的我是不是吃到了什麼苦頭呢？

如果是因為吃到苦頭的反作用力造成了現在的我……不過就算真的是那樣，也沒辦法改變什麼啊。

「我們一直都在隨便走走，要去哪裡呢？」

因為我覺得我們好像只是漫無目的地往前走而已，於是我試著這樣詢問永藤。

「說得也是耶……」

永藤環望周圍的陳列櫃和展示櫃。她轉動脖子的動作很誇張。

「可能會想要迴力鏢吧。」

「……咦？」

這人突然對狩獵產生什麼興趣啊？而且哪裡有擺那種東西了？

周圍都是賣夏天用家電跟手機的商店喔。

「我覺得小朋友玩迴力鏢會很開心。那個很好玩喔，雖然冬天玩的話很容易斷掉。」

「啊，這樣啊……對喔。」

今天是用「要買給妹妹的禮物」這個名義過來的。那樣的話，買迴力鏢的確也是可以。

但是給安達迴力鏢之後要怎麼辦？她會產生往鳥群丟迴力鏢來玩這種興趣嗎？

「挑個更實用一點的東西應該會比較好吧，我妹那麼成熟。」

「實用……」

永藤的字典裡真的會有這個詞嗎？畢竟她是個會突然提議說要買迴力鏢的人。

「買十個我家的可樂餅怎麼樣？」

「哇～永藤小妹妹還真會做生意。」

雖然除了實用還是實用，但是在帶回去之前就會冷掉了……不過問題應該不在這裡吧。

永藤發出「唔……」的聲音搔著頭，同時開始往前走。雖然我覺得很明顯找錯商量對象了，但還是跟在她旁邊一起走。走到一半，永藤的眼睛突然就朝向了右邊。她看的那裡有賣菜刀和砧板，而當中有一個魚形的砧板。她直直盯著那塊砧板。

「釣竿怎麼樣？」

「那是日野想要的東西。」

我駁回她那應該是從魚聯想到的提議。

永藤的視線換看向左邊。她看向名牌糕點區的展示櫃。

「不倒翁最中餅怎麼樣？」

「與其說是聖誕禮物，應該還比較像賀年禮物吧。」

「這樣啊。」永藤對自己的提議毫無留戀，邁步前行。在走了一小段路以後，接著便看見洗衣店跟腳底按摩店（有熊的圖樣），於是她就說：「那洗衣機呢？」給我等一下。

「妳只是把妳看到的東西說出來而已嘛。」

「對啊。」

永藤很乾脆地就承認了。她強調自己的眼鏡，像是在說「我看得很清楚喔」。

「俗話說亂槍打鳥總會怎麼樣的，只要舉很多例子，說不定就會有個很適合的東西啊。總之先提出一些意見，然後再從裡面找出有用的意見……是叫做腦力激盪風暴法嗎？就是在做那個的感覺。」

到途中為止我都還聽得懂她形容的是在做什麼事的感覺，不過聽到她後半段的說明之後就完全不懂了。雖然我知道永藤她也以自己的方式在認真想辦法，那她提出很多點子之後能夠好好去思考嗎？我先設想永藤提出許多點子後會是什麼狀況，不過卻無法想像到永藤想出什麼辦法的模樣。

我很確信這傢伙到了最後會忘記自己一開始想到的點子。

她就像是單口相聲世界的居民一樣。

「那個啊，妳跟日野是交換了什麼樣的禮物？」

或許打從一開始就只要問她這個問題就好了。

「我給她經營許可證。」

「…………」

是什麼行業的經營許可證？又是哪裡的？

這真是個會讓人心中充滿疑問的禮物。不過要是全部都問清楚的話，似乎只會讓自己覺得很累而已。

「日野給妳什麼？」

「國民榮譽獎。」

「……呃，妳們是在幾歲的時候交換禮物的？」

「幼稚園大班的時候。」

就算問了也沒辦法當作參考。日野她們的交情對我來說等級實在太高了。

我們在那之後，繼續永藤單純朗讀出自己發現的東西的店家巡迴之旅，幾乎逛了整個一樓。之後我們在一間叫做 ZiZe 的店前面暫時停下腳步。我看了一眼店門口擺著衣服、鞋子，還有裝飾品的精品店以後，心想「送這種禮物怎麼樣？」而在店門外看了一下。感覺送這種禮物太大費周章了，實在沒辦法浮現想進去看看的想法。因為我認為雖是聖誕節，但畢竟是要送給朋友的禮物，還是選能讓人輕鬆收下的禮物比較好。

我向永藤表達我這段意見，永藤就說著「嗯，嗯」點頭回答我。她這舉動大概沒有什麼特殊意義。

由於她又環望了一次四周，所以我猜想應該差不多要來了。

「果然還是挑迴力鏢比較好吧。」

果然來了。

「話題居然又回到迴力鏢上了嗎？」

正因為是迴力鏢……我沒有說什麼有梗的話。

永藤開始唱起「迴力鏢～迴力鏢～」並扭動自己的手。

「……那應該是永藤妳想要的東西吧？」
「也可以這麼說。」
永藤敲了敲自己巨大的胸部。這到底是在炫耀，還是在挖苦我？
「放心，我很懂得小孩在想什麼。」
「……我覺得小孩應該搞不懂妳在想什麼就是了。」
「咖哩也只會吃甜味的。」
「那是從『只能吃甜味』衍生的誤會吧？」
「迴力鏢～」
永藤無視了我的訂正。她扭動自己的腰和手臂，雖然面無表情，心情卻相當好。
「如果選迴力鏢的話，島村也可以跟妹妹一起玩喔。」
「是嗎……」
我試著想像跟安達一起在公園裡玩迴力鏢的模樣……這什麼畫面啊？
兩個人默默地互相丟著迴力鏢。意外地是個挺歡樂的景象不是嗎？
「在公園裡面丟著玩，然後叫對方去撿回來這樣。」
「我想那應該是飛盤吧。」
「總之就先試一次吧，玩玩看我買的迴力鏢妳就會知道有多好玩了。」
「妳現在已經不是肉店的銷售員，而是變成迴力鏢的銷售員了嗎？」

很開心的永藤拉著我的手往電扶梯的方向前進。我完全被她牽著走。

原本很懷疑這裡真的有賣那種東西嗎，結果不知道為什麼永藤帶我去的那間三樓的運動用品店就有。不知道永藤是不是從之前就想買了，她毫不猶豫地挑了一個迴力鏢買下它。那個迴力鏢是V字型的，是聽到這種形容之後，馬上就想像得到它是什麼樣子的形狀。顏色是黃綠色，材質是塑膠。不知道是不是因為兩個女高中生來這裡只買迴力鏢很稀奇的緣故，我感覺到男店員將視線投向我們。

雖然那道視線應該有四……不，應該有六成都集中在永藤的胸口上。

不曉得給人呆呆印象的永藤是不是也對那樣的視線很敏感，微微皺起了眉頭。看來擁有豐富資產的人，也需要承受相對的辛苦啊。這讓我不禁對她感到同情。不過我以後也會變成那樣！在我還在空虛地逞強的過程中，永藤就已經結完帳，把期待許久的迴力鏢拿在手上了。一走出店外，她立刻就從袋子裡拿出迴力鏢。

她要握著迴力鏢在購物中心裡走來走去嗎……唔。

「那就馬上到外面去試玩吧。」

「呃，怎麼感覺好像已經決定要去試玩了一樣？」

永藤無視我說的話，不斷拉著我走。雖然我到中途都還有抵抗，但看到永藤那麼興奮地緊握著迴力鏢，我就在各種意義上都放棄了。在這個社會上，人無法違抗從根本產生的推動事情發展的巨大洪流。有辦法獨自創造出那種洪流的永藤，說不定是個不得了的人物。

我們離開停車場，前往位於附近牛丼店後方的噴水廣場。大概是因為現在明明是冬天，卻還很有氣勢地噴著水的緣故，廣場上沒有半個小朋友。雖然廣場上有個三條銀色的線不斷轉來轉去的謎樣物體，不過這裡的樹很少，所以應該還滿適合丟迴力鏢的吧。要是樹很多的話，我只能想像得出迴力鏢丟出去之後會卡在樹上或是撞到樹之後折斷的畫面。

永藤把書包暫時交給我保管，然後拿好迴力鏢。她不是用水平角度去拿，而是直著拿，並且像是要把迴力鏢的前端碰到手腕一樣，讓迴力鏢向後傾。接著她直接立起鏢翼，用力把迴力鏢丟向遠方。

迴力鏢不斷增加飛行距離，飛到了廣場的深處。它飛行的模樣不會讓人覺得太過有力或有不順暢的感覺，就像是順著風飛行一樣。在空中飛翔到極限距離的迴力鏢不知從何時開始變成以水平方式旋轉，然後忠實地往原點返回。

差不多從這個時候開始，耳朵就和眼睛一同被這幅景象所吞沒了。

劃過空氣的風聲緩緩傳入耳中。

劃過空氣的風聲在經過一段很不可思議的間隔之後傳入了耳中。一開始迴力鏢離開永藤手中的時候我還以為是沒有聲音的。在準備從空中歸來的時候，才開始產生嗡、嗡、嗡的聲音。那是迴力鏢的鏢翼劃過空氣的聲音。發出那種聲音的迴力鏢劃出漂亮的飛行軌道，逐漸往我們這邊過來，縮短和我們之間的距離。

永藤像是要回應那股聲音般彎下膝蓋伸出雙手，以空手奪白刃的方式抓住迴力鏢。然後若無其事地伸直膝蓋，摸了摸迴力鏢。

「這是真的會飛回來的迴力鏢喔。」

「正常都會飛回來吧？」

「那裡面也有做工不好的迴力鏢。給妳。」

永藤用迴力鏢跟我交換書包。我的手上拿著一個V字型的迴力鏢。

原本應該是來買聖誕禮物的，為什麼會變這樣？

「一開始不要用全力丟會比較好喔。而且也沒有戴護目鏡。」

「沒問題，因為我也沒那麼大膽。」

我模仿永藤的握法跟姿勢，接著就如她告誡我的那樣輕輕丟出去。即使如此，迴力鏢還是不斷往前飛，然後確實往我的方向折回來。因為我沒有多想什麼就丟出去了，所以看到迴力鏢飛回來的樣子就彎下了膝蓋。害怕可能會被迴力鏢打到的恐懼使我不禁發出「唔噫！」的聲音，抱頭蹲下。迴力鏢遠遠飛過我的身後，迫降在公園一角。我跑去把它撿回來，然後在拍掉沙子之後再丟一次。這次我一邊把注意力集中在迴力鏢上，一邊把它丟出去。

明明飛得不是很有力，卻意外地飛得很遠。接著迴力鏢就像是結束散步時間般折返，給人一種在途中轉換成不同旋轉方式的錯覺。它回來的模樣以及劃過風的聲音和我自己的心跳聲重合。

這次我打算接住它而伸出雙手，結果卻被指尖彈開而掉落地面。

看來要丟出去跟接住它，都需要先習慣才能做得好。

「……或許還滿有趣的。」

我老實地對迴力鏢描繪著比想像中還要輕快許多的軌道回來這件事，給予正面評價。我沒辦法接受剛才沒能順利接住，於是再丟了一次。這次我丟的力道更輕，讓迴力鏢像是在空中游泳一樣。不小心丟得稍微偏向上方的迴力鏢，出乎意料地沒有飛很遠。

這次早早折返的迴力鏢在我的面前失去力量，墜落到地面上。看來丟出去的角度似乎也需要一點訣竅。

這還挺好玩的。

「怎麼樣？」

永藤不知道什麼時候來到了我的身旁，把手放在我的肩上詢問我的感想。

「……好像意外地還不壞。」

「耶～」

永藤發出沒有起伏的聲音，同時跑來抱住我，於是我伸手推了她的下巴把她推開。

不過，迴力鏢嗎……如果送食物的話馬上就沒有了，送這種玩具的話想玩的時候還能拿來玩，或許從實用性這點來看也能給它正面評價。可是……感覺又好像哪裡不太對勁。

我同時也覺得有種被騙了，還有搞錯了的感覺。

位於清澈空氣盡頭的太陽開始西沉，夕陽的碎片燃燒著遠方的天空。我久違地再次面對

這幅小時候跟朋友一起看過的景象。迴力鏢融入那片天空，然後再次振翅返回。感覺好像每重複一次這個動作，就會逐一取回失去的回憶。

這份懷念的心情催使我握緊迴力鏢。

我抱著要自己破風前行的想法，將迴力鏢投向天空。

回到家以後，我把放在袋子裡的新迴力鏢拿給妹妹看。

「怎麼樣？」

「那是什麼？」

她睜大雙眼反過來向我提問。這讓我稍微心想這種禮物是不是行不通。

「會是什麼呢？」

我故意加上回答的時間限制用倒數聲煽動她，接著她就把手放在下巴開始沉思。她從左右兩側仔細觀察了迴力鏢以後，就喊了一聲「乒砰！」按下虛構的回答鈕。

「沒有加上頭部的衣架！」

完全就是那樣。我深深認為選這個當禮物果然還是有些不太對。

發生各種事情之後，時間來到了聖誕節當天。

我不曾看過十二月二十五日當天下過雪。從天氣不會配合節日這點來看，就覺得節日的時間還有當中的特別意義果然是人類擅自決定出來的。我在抬頭望向天空的同時如此心想。

總覺得被那種節日擺弄也有些不太對。雖然我有很多疑問，但今天的我也是要跳入那股洪流，被漩渦翻攪的其中一人。我在上午先做好出門的準備，重新整理自己的瀏海兩次，然後告訴人在廚房的母親說我要出門。剛好妹妹也在廚房吃著午餐。

「我要出門一下。」

「啊～好好好……是要去找男朋友嗎？」

「就說不是了喔！」

這個做母親的到底要問幾次才甘心啊？我揮手否定之後，妹妹隨即探頭說「怎麼了怎麼了？」來向我尋求解釋。她輪流看向我跟母親，還順便吞下口中的食物，相當忙碌。

「姊姊要跟朋友出去玩。」

「咦～」

她很明顯地表現出相當不滿的態度。她離開椅子，走到我的身旁。

「妳晚餐會回來家裡吃吧？」

我回答一聲「嗯」，點頭回應母親這句確認。

「我是那麼打算。如果改變主意的話我會早點通知妳，不過我想大概是不會發生那種情況。」

「搞什麼嘛，妳是要跑去哪裡啊？」

妹妹開始不斷踢著我的腳。這傢伙在外頭明明是個乖孩子，面對我的時候還真是毫不留情啊。我拍一下妹妹的頭之後低頭看向她，就發現她嘟起了臉頰。嘴唇也彎了起來……嗯。

「搞什麼嘛，原來妳希望姊姊陪妳嗎？」

我模仿妹妹說的話，對她露出奸笑。然後她就像是要揮散雲霧一樣把手伸到頭上揮動，生氣地說：「妳說這什麼話！」我無視她這句話，說聲「原來是這樣啊」以後，就把手伸進她的腋下把她抬高。這傢伙也變得挺重的了嘛。她一直亂動應該也是讓我這麼覺得的原因之一吧。

「妳也還留有些可愛的地方嘛。」

「喂！放我下來啦！」

妹妹的短腿劇烈擺動。現在明明是冬天居然還光著腳，這傢伙真強悍啊。

不過，姊姊我也是有沒辦法配合妳的時候。

「我會在吃晚餐前回來，到時候再一起吃蛋糕吧～」

我在把她放下來之後說出這句很明顯把她當作小孩看待的話，她就立刻把臉撇向一旁。

雖然說把她當小孩看，不過她本來就是小孩就是了。我摸過一下正在鬧脾氣的妹妹的頭，然後走向玄關。雖然她平常很囂張，卻意外地還很黏我呢。其實感覺還不壞。不過再經過三四年以後會變成什麼樣子呢？

要在這麼冷的天氣出門時，能在出門前遇上一件讓心情很好的事情實在是幫了大忙。因為這就像在動不動就讓人感到憂鬱的寒氣中，貼上了一片可以克服那種寒氣的心靈暖暖包一樣。我在拿出並穿上鞋子的同時，自然而然地嘆了口氣。

結果，今天到底該跟安達一起做什麼才好？接下來的預定行程完全是一片空白。

不知道安達會不會幫我想好。不知道她有沒有因為想過頭而擬出了奇怪的出遊計畫。

……要說我比較擔心哪件事的話，我開始擔心會變成後者的情況了。

「……總而言之——」

已經決定要在家裡吃晚餐了。

所以午餐就盡量避免吃油炸類的食物吧。我只下定這個決心，之後便離開了家門。

好了，該面對聖誕節了，聖誕節。

附錄「肉店來訪者3」

我們家在聖誕節當天一定會吃雞肉咖哩。也可以說是慣例。

「為什麼？」

現在正把我們家慣例的咖哩拿來代替點心吃的日野疑惑地歪起頭來。即使是聖誕節，她還是照例來到了我家。爸爸他們也是笑著對她說「歡迎妳來啊～」，已經是呈現把日野當作自家小孩一樣的狀態。

「因為在被問到想吃什麼的時候，我回答想吃咖哩。」

「然後因為是聖誕節所以放了雞肉進去是嗎？還真有品味啊～」

日野的臉頰因為咀嚼著馬鈴薯而變形。看著看著就覺得很想吃。

我不是指日野的臉頰，是想吃咖哩。雖然要吃臉頰也是可以啦。

「給我吃一口。」

「咦～真拿妳沒辦法耶，只能吃一口喔。」

那可是我家的咖哩耶。而且她還遞出有紅蘿蔔的部分。但我還是要吃。嗯，味道很棒。

順帶一提，明天早上也是吃咖哩。晚餐大概也是咖哩。

「伯母煮的咖哩還真好吃啊！」

日野對人在店裡負責油炸物的媽媽給予讚賞。大概是因為媽媽站在火旁邊的關係，即使現在是冬天還是流出了一些汗水，但同時還是面向我們這邊說：「謝謝妳的誇獎。」

「不過最好吃的還是自己家的咖哩吧？」

「我們家都是吃日本料理啊。」

日野露出困擾的笑容。這麼說來，的確是那樣。去日野家玩的時候，她們家拿出來的點心是鷹嘴豆跟昆布。一點也不甜的點心挺新奇的。

「而且就算偶爾煮一次咖哩也會放高野豆腐進去……那個不搭啊。」

日野一邊轉著湯匙，一邊看向月曆。月曆上二十五日的地方寫著小小的「咖哩」兩字。是我的字……雖然我打算回想自己這樣寫的理由，但我忘記了。

「聖誕節啊……再過一個禮拜今年就要結束了呀，老伴。」

「這樣啊～」

我在抬頭看向月曆的同時，暫且先點頭回應她。由於家人說壓歲錢只給到國中生的時候，所以我也不是很期待新年的來臨。在我羨慕日野是不是能拿到壓歲錢的時候，日野就轉頭面向了我這裡。

「永藤妳啊，會去想未來的事情嗎？」

日野突然丟出了感覺很艱深的問題。

「是多未來的事情？明天？新年的時候？」

「妳預想未來的極限就只有一個禮拜嗎。」

吃完咖哩、放下湯匙的日野開始喝起茶。她在放下杯子之後，便用手肘頂著桌子、托著臉頰。

「像是差不多過了十年以後，我們就沒辦法這麼悠哉了吧？我跟妳都有工作，根本沒那個閒工夫在三點的時候吃咖哩，再說也不知道我們還會不會待在一起。只要想到那種事情，有時候就會因為覺得『自己這麼悠哉沒問題嗎？』而覺得焦急。」

果然是很難以理解的話題。就算她說十年後怎麼樣，我也沒辦法做些什麼。

「日野也會思考一些很深奧的事情呢。」

「我很在意那個『也』字，非常無法接受。」

「唔……」

正如她所說，有個部分讓人沒辦法老實接受。就是「也不知道還會不會待在一起」。雖然其他方面的事情我不可能回答出日野所期望的答案，但就只有這部分讓我覺得以前似乎曾發生過什麼事。

我運用我貧乏（日野是這麼說。似乎講過三次了，但我只記得最近的。）的記憶力，試著回想……我隱約看見以前發生過一件事情。很好，我知道了。

「我想不會有問題喔。」

「啊？妳突然是在說什麼事情沒問題？」

「因為以前在看完電影回家的路上，日野曾經說過我們要永遠當好朋友。」

應該是發生在小學二年級時的事情。那時候看了什麼電影，我想不起來。

不知道日野是不是連她有說過這種話都忘記了，眼神飄移不定。

「我？有說過嗎？」

「然後我還回答妳一聲『嗯』。」

「嗯……」

「所以我想就算過了十年，我們還是會待在一起喔。」

有想待在一起的想法的話，就一定能待在一起。如果我和日野希望那樣的話。

日野隔了一會兒，用手指抓了抓自己的臉頰。接著便顫著肩膀笑了出來。

唔，她變成怪人了。

「都相處十年了，再下一個十年應該也不會有什麼太大的變化吧。」

「嗯？」

「沒什麼唷～所以再幫我裝一碗咖哩。」

「滾開。」

我覺得我們明年就算不用再請對方多多關照，也能像這樣繼續和平地相處下去。

白色相簿

二十五日前一天的夜晚，不可能睡得著的我端坐在床上。

我看著眼前的手機，在只剩下按下寄出鈕的階段停滯不前。身體向前彎，食指不斷來來去去。我把垂在面前的瀏海往上撥，尋找著勇氣的出發地點。我抬頭看向時鐘確認時間，發現能猶豫的時間不多了，感到更加焦急。

『我很期待明天。』

這樣會不會太超過？刻意強調這種事情，她會不會覺得我很奇怪？這種擔憂壓制住了我手指的行動。雖然覺得不在島村睡前寄給她的話就沒意義了，卻沒辦法下定決心寄出郵件。我連續按了幾次寄出鈕的表面，發出喀、喀、喀、喀的聲音。

結果一次也沒有按下去。手指使出的力道真是出神入化。我是笨蛋嗎？我把額頭貼到床上，不斷扭動著身體。明明我也是必須要盡早睡覺的人，卻因為這件事而無法入睡。我不想帶著睡眠不足造成的黑眼圈去跟島村約會。所以只要乾脆點按下按鈕就能了事了。

不寄出去的話肯定會後悔。也有可能是寄了才不會後悔。

根本就不需要猶豫。我把臉撇向一旁，只伸出手指像是事不關己似的去按下按鈕。我在用力按下按鈕，感覺到按鈕確實被壓下之後看向手機螢幕。經過一段紙飛機飛向遠方的簡單動畫以後，螢幕上就顯示出了「已寄出」。我馬上放開手機靠到牆邊，發出無意義的笑聲。

我走下床，向前彎起身體假裝自己在沉思。

一直盯著手機看的話就不會有回覆，而只要假裝不在意的話，回覆就會趁隙寄來……由於我有這樣的主觀印象，所以就刻意一直背對著手機。

因此我裝作自己不關心會不會有回覆，坐上椅子，打開課本。我連一行字都沒有讀就蓋上了課本，然後趴到桌上，把手當作枕頭讓頭靠在手上，看向旁邊。在桌子下的雙腳持續踏步，停不下來。只要一閉上雙眼，胸口跟腦海裡就會產生一股鬱悶感。那是由上次看到島村跟永藤走在一起所造成的一種像是薄霧般的感覺。苦惱、焦躁，類似自我厭惡的東西正折磨著我。

我沒辦法喜歡上因為等待回覆時那種獨特的緊張感，而導致胃變得沉重的感覺。先不說她會傳回什麼樣的回覆，我連對她會不會回覆這點都會感到不安。正因為我知道島村不是會頻繁回覆郵件的人，所以又更加不安了。即使如此，我還是祈禱著回覆能早點寄來，同時撥弄自己的瀏海。

手機突然響起，導致我從椅子上跌了下來。我在跌下來之後直接蹬地跳到床上，抓起手機。接著我仰躺在床上，操作著被我舉在自己和電燈之間的手機。伴隨著幾乎要讓人感到頭暈目眩的緊張感，我打開島村傳來的回覆。

『喔～』

她的回覆就只有這樣。咦？這是什麼意思？是哪種「喔～」？是「加油喔～」「唔喔～」

還是「喔～是喔～？」的意思？我不知道該怎麼解釋這個「喔～」。

就是這樣我才討厭郵件。字裡行間索然無味，不會湧出任何情感。

但說得極端一點，就算對方不是島村，也只會說個「喔～」而已。即使那是別人傳來的，也只是一個收件人無法判斷是什麼意思的「喔～」。但是聲音就不一樣。聲音中的情感會讓反應變得栩栩如生，而我也能理解到反應當中帶有什麼樣的情感。

所以，我想聽見島村的聲音。因為我想更加了解她。

「……反正明天可以一直聽到她的聲音。」

距離要正式上場和站到起跑線上，都還有一段時間。要是偷跑的話，她的聲音蘊含的價值對自己來說就僅只如此而已。

我這樣說服自己，然後蓋上棉被。接著就像是在頭上覆上了一層薄薄的網子，凝聚了一陣熱意。

我想早點入睡，迎接早晨的到來。

從越是那麼想就越是清醒這點來看，人類這種東西也還真是壞心。

記得十月的時候，也曾和島村約在這裡。那時候一直到早上都沒辦法入睡，反而是在早晨來臨的時候才不小心睡著，導致最後沒能準時赴約。這次光是沒有遲到就已經算不錯了。

不過雖然沒遲到，卻相對的變成一分鐘以內會打五次很大的哈欠。

在不斷打哈欠的同時，身體也在發抖。早上在時間已經快來不及的時候，還為了讓自己清醒而去洗澡真是太失敗了。結果連等頭髮全乾的時間都沒有，就急著跑出門了。原本是打算花時間整理一下儀容，卻全都白費了。連體感溫度都開始逐漸下降了。

決定要約在購物中心裡的市內綜合服務處的人是我。雖然這間購物中心和之前跟日野去買茶的是不同間，但這裡也像是理所當然似地裝飾著巨大的聖誕樹。在樹的前面等是最中規中矩的——應該說大家都這麼做。我在來這裡之前有先稍微繞去觀察一下，發現那裡的情侶數量很不尋常。那數量多到就算巨人或神明沒有去撿貝殼而是去撈情侶，也沒辦法撈完。但在那眾多人潮之中，幾乎沒看見同性之間約出來見面的人。我想也是啦，會這樣應該也是理所當然沒錯。

這讓我再次自覺到我們兩個很奇怪。島村她會不會覺得不想這麼做呢？

或許她只是看在我們是朋友的份上，沒辦法只好前來赴約也說不定。

大概是因為睡眠不足的緣故，只要我一鬆懈下來，思考就會飄往不好的方向。我搖搖頭讓腦中不好的想法散去。

我會把見面地點選在這裡的理由，是因為等的時候跟那些情侶保持一些距離會比較不容易受到矚目。其實當中也包含我自己認為要牽手的話，還在能盡可能避開他人視線的地方會比較好的這種想法。總覺得自己老是被像是「面向前方往後走」那種不明不白的想法玩弄於股掌之間。

又打了一個哈欠之後，我再次回想起十月時的事情。那時候還跟來了一個水藍色的女孩子。希望這次她不會跟著來。今天的約定是因為我提起勇氣才得以實現的，我不希望和島村以外的人共享這一天。

我用手機代替時鐘來確認時間。在那之後——在「喔～」之後就再也沒有新郵件傳來了。她也沒有傳來拒絕邀約的郵件，所以在這方面上我感到很安心。距離約好的十一點，還有五分鐘。

「……啊，已經來了。」

我一把視線移開手機抬起頭來，就發現了自己所等待的人。

在發現她的瞬間，我的心臟雖然沒有到會心跳加速那麼誇張，卻有種往上揪了一下的感覺。

我不可能會看錯那從遠處輕輕向我揮手的身影。

島村她獨自一人，準時來到了這裡。

太好了，沒有其他人跟著她來。我對此感到放心之後，也舉起手向她招手。

「妳等很久了嗎？」

「我才剛來。」

「想騙誰啊，我可是從五分鐘前就在很遠的地方看著妳了！」

島村伸手指向我，同時戳破我的謊言。因為我不只是五分鐘前而是十五分鐘前就在等了，所以感到很慌張。島村大概是看到我這樣的反應，臉上綻放笑容。

「我只是在跟妳開玩笑而已啦。總之抱歉，讓妳久等了。」

在草草結束這段互動以後，她便走到我的身旁。她身穿上面有小花圖案的黑色連身裙，還有一件帽子部分有毛的外套。腳上則是穿著褐色的靴子，背的也是和平常一樣的包包。雖然她的頭髮有梳理整齊，但可以隱約看見頭頂有少許黑色的頭髮。

不管從什麼角度來看，島村都是一副在普通假日出門的模樣。看她這樣，讓我莫名地感到放心。

我們肩並著肩，一起踏出腳步。前進幾步以後，我不禁回想起永藤之前和她走在一起的事情。明明已經是一段時間之前的事情了，這件事卻還是會掠過腦海。真討厭啊——我一邊這麼心想，一邊將手放上額頭。

當我這麼做之後，島村就轉頭面向我。我以為是自己的想法寫在臉上了，於是急忙露出笑容來掩飾。雖然大概不是笑容，而是臉部神經抽搐就是了。

「安達，有件事情我從第一眼看到妳就覺得很在意了。」

「咦……什麼事？」

「從第一眼看到妳」這種說法讓我的內心感到動搖。因為我大致上知道她要說什麼了。

島村看向我穿在外套底下的衣服，瞇起雙眼。

「妳為什麼是穿旗袍？」

「……啊，嗯，果然很令人在意對吧。」

我用指尖抓起從打工的地方借來的旗袍一角。雖然外面有穿一件外套，但底下刺有梅竹刺繡的水藍色旗袍依然耀眼。衣服的部分是這樣，而鞋子的部分則是平坦的包鞋。

她果然覺得這樣很奇怪。我自己也覺得這樣很怪。但在經過無數次煩惱，也把不小心買下來的新衣服全部試過了之後，不知道為什麼最後還是決定穿這件。我到底是在哪個階段發生了什麼樣的徒勞跟迷惘，才會變成這種結果？如今就算知道答案也已經來不及了。

我整理了一下昨晚的心理狀態，尋找變成這樣的理由。然後發現了一個有可能的理由。

因為島村曾誇獎說我穿旗袍很可愛。似乎是被這件事影響，我才會穿成這樣。

看來我好像沒有選擇相信自己的感性，而是相信了島村僅只一次的評價。

「穿這樣果然很奇怪吧……」

原本就是很引人注意的搭配了，這實在是太糟糕了。

要是能給我換衣服的時間，我會想去找間隨處可見的服裝店買衣服。

島村輕輕用手指抓抓脖子，同時小聲地說：「應該說……」

「穿這樣會不會被人以為是什麼奇怪的店在拉客人……啊，我自己是覺得很不錯喔，穿這樣很可愛啊。」

「嗯……」

「人長得漂亮真好啊～妳穿起來真的很好看。」

島村以開玩笑的語氣吹捧我。就算島村不是認真的，但被她說自己很漂亮還是會不知道該做出什麼反應。感覺要是臉紅的話會讓整個氣氛變得很微妙，所以我忍住不讓自己臉紅。我自己也不知道是用什麼方法忍住的。雖然臉頰的肌肉有使力，但大概沒有任何效果。

「島村妳還……比較可愛……」

這就是用我的方式反駁？她那句讚美的結果。但我是打從心底稱讚她。

不過島村說了句：「哈哈哈，妳就別挖苦我了。」完全沒有把我的話當真就是了。

雖然穿旗袍的結果帶來這段對話，但她接納了我這樣的穿著。如果島村那麼覺得的話，那這套衣服產生的怪異感也會轉為正面評價。原本停下的腳步甩開了重擔，向前邁進。感覺要是一個不注意，步伐就會不小心突然加快，所以我很謹慎的去壓抑住心中的興奮心情。不要急，今天才剛開始而已。

「那，妳要帶我去哪裡？」

「呃……先去二樓。」

我指向有電扶梯的方向。因為我從三天前就有每天來探勘地形，所以我幾乎完全掌握了購物中心裡的地理構造。事先觀察的用意是先來購物中心裡繞一繞，決定聖誕節這一天要做什麼。

綜合服務處的後面就有一個電扶梯。在來到電扶梯前時，我的視線飄往了島村不斷擺動的手。島村的手背看起來很冰冷，但手心的部分感覺還很充滿潤澤。我就像是準備要偷什麼東西一樣先確認周圍，確認自己沒有受到太多矚目後，就下定決心將手伸向島村，打算握起她的手。我的頭彷彿是被釘子釘住般無法動彈，眼前也變得一片空白，看不見任何東西。膽小的意識逃往別的地方，把要採取什麼行動全交由身體判斷。而大概是因為全讓身體進行判斷的影響，手的力道大得太過頭，導致在抓住島村的手時讓她發出了「唔哇！」的叫聲。島村的拇指因為我的動作太大而反折到，於是我慌張地把手移到其他位置。雖然島村的拇指變回原樣了，但她卻皺著眉頭。看到她這樣，不禁讓我懷疑自己是不是害她的手指挫傷了，臉色差點就要因此發白。

「對不起。」

點頭回應一聲「嗯」的島村確認著自己拇指的情況。她彎了幾次手指，但臉上都沒有摻雜覺得疼痛的神色，所以應該不是受傷了。我感到放心，島村的雙眼隨即看向我這裡。

她以有點像是在責備的眼光看著我，讓我不由得感到畏縮。仔細想想，我幾乎不曾惹島村生氣。這是因為島村她連我有時會做出的奇怪舉動都能寬容看待的緣故。不過要是自己的舉動帶來疼痛的話，就算是島村也沒辦法繼續無視下去了吧。我好害怕。讓自己在島村心中留下不好的印象，是我最害怕的一件事。

島村可能是看到我縮起脖子不知所措的模樣，以一副「真拿妳沒辦法啊」的感覺放鬆銳利的眼角與嘴角，她這麼做稍微減緩了我心中的恐懼。大概是因為站在電扶梯前面會妨礙到

別人吧，島村拉著我的手繞到電扶梯側面的牆壁那邊。

擦亮的牆壁上隱隱映照出對面商店的繁華景象，以及我們兩個的身影。

「呃……那個……以後還是不要像搶劫那樣抓住我的手吧？」

「抱歉，真的很抱歉。」

雖然有在道歉，但我依然沒有把手放開。島村盯著被我抓住的那隻手。

我不敢去觀察島村的表情，怕得沒辦法抬起頭來。

「妳想要牽手嗎？」

我在幾次點頭以後，再加上一句「如果可以的話」。我隱藏了心底「請務必這麼做」的真心話。

「之前是不是也曾發生過這樣的狀況？」

我在幾次點頭以後，加上一句：「應該是有」我當然還記得。

「唔……嗯～嗯……」

頭上傳來島村應該是正在感到苦惱的聲音。果然正因為日期中蘊含著重大涵義，才會連島村都感到困惑。「我到底在做什麼啊」「快撤回自己的要求把手收回來」等懦弱的意見在腦海裡雜亂交錯著。但如果想成為島村心中「特別的人」，就算閉上嘴什麼都不做，也只會讓狀況逐漸往不好的方向發展。我必須要做點什麼。

雖然想讓狀況好轉而做出的行動是否正確，就又是另外一個問題了。

光是寄一封郵件就能苦惱成那樣，突然就牽起手會不會太操之過急了？保守派的我冷靜陳述意見。但事到如今把手收回來，也沒辦法改變我握住她的手這件事實。既然如此，那把手收回也沒有意義。

感覺好像經過了一段很長的時間。耳朵的溫度降低，大衣底下的腳也變得冰冷。我恨旗袍上的開叉。只有島村那被我緊緊握著的手很溫暖。

島村原本伸直的手指，握起了我握著她的手。

「嗯，就先不管了。」

感覺到手上這股由手指傳來、並非單向通行的溫度，心裡湧現了某種情感。

我抬起頭時大概還維持著毫無防備到會讓嘴巴半開的表情。我一抬起頭，便看到一根手指迅速伸向我。

是島村的食指。沒有牽著的那隻手靠近了我的嘴邊。

「從下次開始，要記得先問『能不能牽手』。」

「呃唔噫！」

「妳那什麼反應啊？妳是怎麼發出那種聲音的？」

島村睜大了雙眼。還可以有下次嗎？可以牽她的手嗎？因為我的注意力集中在這部分上，結果順勢發出了奇怪的聲音。為什麼我的行為舉止會看起來這麼可疑呢？我想，會這樣大概是島村的錯。

「聽起來應該有點像是『鱷魚』。」

「不要太在意我剛才發出的聲音……呃，我知道了，從下次開始我一定會先問。」

其實對我來說，不用經過同意就去牽起她的手會比較輕鬆。這樣就又多一個障礙了。

但她同意只要經過她的允許就能牽手，我真的很高興。

……雖然反過來說，應該就是島村她絕對不可能會想主動跟我牽手。

這讓我有點小失落。我們走在兩根平行的棒子上，只有我為了接近她而搖搖晃晃地不斷亂動，就快要從棒子上跌下來了。我的腦中浮現了那樣的畫面。

「而且──」在島村這麼說，並舉起手以後──

「就算妳不用那麼著急，也不會有其他人想來牽我的手。」

便伴隨這段話語，對我露出微笑。

島村同時強調了想跟她牽手的我，以及我對她有所奢望的這番話，使我的害羞情緒一口氣爆發了出來。因為島村會毫不在意地說出那種話，那個……真的讓我非常傷腦筋。

……可是──

就像前一陣子的永藤一樣，會走在島村身邊的人，不單只有我一個。

所以就算會用上有些強硬的做法，還是會忍不住想先抓住她的手。

我悄悄吞回差點脫口向她反駁的這段話。

我們回到電扶梯前，坐著電扶梯上樓。還好是坐電扶梯。因為要是走樓梯的話，可能會因為身體麻痺到全身僵硬而沒辦法走上樓梯。

在電扶梯上是我站上面，島村站在下面。我們就在這種狀態下繼續牽著手。跟下樓的男女擦身而過時，感覺他們似乎在看著我們，使得我的肩膀因此僵硬了起來。雖然島村看起來不是很在意，但我只要意識到他人的視線，就會更加自覺到我跟她正牽著手的事實。

我的腦袋裡一片空白。我是打算去哪裡才來到二樓？就有如這三天來的預先調查都白費了般，存在於記憶中的筆記本內容都變回了白紙。我很不自然地、像是被島村拖著走似地離開電扶梯，走在二樓的路上。呃……啊，就在右手邊沒多遠的地方。

「我在想……就在這裡玩吧。」

變成了一段很奇怪的說明。地點是之前去打保齡球的地方。我們一走進在外頭標榜著是複合型娛樂空間的這個地方，就完全聽不見購物中心裡播放的聖誕音樂了。裡頭不斷傳來點綴著熱鬧氣氛的聲音。

「保齡球？」

「不，不是。」

要是去打保齡球的話，感覺那個水藍色的女孩子有可能會出現在一旁玩耍，所以這次就先略過這裡。之後我們也無視了乒乓球區和撞球區，前往最吵鬧的遊樂場。

遊樂場裡幾乎沒有人。會很熱鬧只是因為賽車和賓果遊戲的機台自動發出吵雜的聲音而已。在外面的推錢機上畫有一個露出笑容而且動作很有張力的卡通人物，看著看著就覺得有

種莫名的哀傷。心裡有股像是得知以前喜歡的可愛吉祥物，不知道什麼時候開始就不再受到歡迎，只能勉強繼續活動時的感傷。

從推錢機旁邊經過，再繞過賓果遊戲的龐大機台後，我要找的東西就映入了眼簾。位於遊樂場深處的這個空氣曲棍球機台正是我要找的東西。空氣曲棍球的機台跟其他遊戲機台比起來，稍微老舊了一點。旁邊也有新的機台，那種的玩法是要不斷互相敲擊小型圓盤，但我刻意選了傳統式的空氣曲棍球台。

「玩空氣曲棍球怎麼樣？」

而且它和桌球之間也有些共通點。說到適合我們的遊戲，就是這個。

而且玩這個比看電影更能炒熱氣氛……還有雖然這種說法是結果論，但要是現在的我乖乖坐在電影院的黑暗當中，絕對會不小心睡著。我必須要動一動自己的身體才行。

「空氣曲棍球嗎……嗯，原來如此。」

其實我幾乎不曾玩過。

「好，就來玩吧。」

「嗯！」

大概是因為要運動的關係，島村脫下了外套。不過她才剛露出肩膀就打了冷顫說聲「好冷！」然後在說完「變熱再脫掉好了」以後馬上穿上外套。她從小籃子裡拿出橘色的……球拍？球槌？之後，便走向球台的另一側。

雖然打空氣曲棍球時要把手放開是理所當然，但放開她的手之後，我不由得覺得真是失策了。

玩一場要兩百圓。我們各自負擔一百圓，然後用球槌壓住彈出來的圓盤。得分板也開始運作，兩邊都顯示著零分。

不知為何，島村發出了「哼哼哼」的笑聲。感覺當中有什麼特殊涵義，就像是在故意表現出自己很從容的態度。

「安達妳想要先發球也沒問題喔。」

島村讓步讓得莫名乾脆。我心想她應該是很有自信，就接受她的好意，將圓盤移往自己這邊。

於是，這場幾乎包下了整個遊樂場的比賽就此開始。

我不會告訴她，我會選擇來玩空氣曲棍球是因為這機台不受歡迎，而且往來的人也少。

一開始我先是為了觀察情況而用較小的力道敲擊圓盤，卻響起很大的音效，讓我被嚇得向後仰。原來最近的空氣曲棍球會從圓盤發出聲音嗎？島村就像是不放過我被嚇到愣住的空檔，犀利地把圓盤給打回來。

發出啪喀啪喀清脆聲響、用力反彈回來的圓盤稍微偏離了我這邊的球門，在發出響亮聲音的同時彈到了利於攻擊的位置。我這次用上腰部的力量用力打回圓盤，接著圓盤就在強烈反彈下輕易地掉進了島村那邊的球門。我並沒有刻意瞄準球門，完全是運氣好。

「哎呀？」

島村探頭看向自己的球門，用假音發出了感到困惑的聲音。她的頭髮劇烈地上下晃動。

「唔……手感有些不太一樣。」

島村歪起頭，疑惑地看著自己手上的球槌。

「妳在說什麼？」

「我有時候也會在家裡和妹妹玩空氣曲棍球，瑪利歐那個。果然還是有些不同啊。」

島村用球槌敲了敲自己的額頭。看來她在開打前會發出笑聲，似乎是由自己有經驗所產生的自負心理造成的。這次換島村發球。雖然我迅速揮動手臂，試圖想辦法把筆直衝過來的圓盤打回去，卻沒有打到的手感。

我揮空了。我使出全力地揮空，就只是造成了腋下部分肌肉的負擔。但很幸運的，圓盤撞上球門邊緣彈走了。原本擺好架式準備迎擊的島村，因為我沒有打到圓盤而愣在原地。接著我用剛剛揮空的球槌打回圓盤，對露出破綻的島村進行反擊，圓盤就衝進了島村的球門。

被連續得分的島村臉上浮現抽搐的笑容。

「居然故意揮空讓我露出破綻，安達妳還真有一套。」

「……很……很厲害吧？」

雖然我試著擺出得意洋洋的態度，卻無法表現出那種氣勢。連島村看到都笑了出來。

如果這種時候能參考日野的作風就好了。不，就算我突然做出很活潑的舉動，應該也只會讓人覺得毛骨悚然而已吧。我自己也覺得要那樣實在有些勉強。我自嘲地把圓盤打出去。

那麼，雖然現在正輕鬆，卻又還算認真在玩空氣曲棍球，但我在揮動手臂的同時也思考著許多事情。像是島村的事情，或是關於我自己的事情。

我不是很記得我第一個喜歡上的人是誰。至少我記得對方似乎不是同性的樣子。不過現在在我心中占據各種「最重要」地位的人是島村。

對我的人際關係來說，在這種時候性別這種東西或許並不是那麼重要。

但說到底也只是對我來說才是那樣，對於自己以外的世界——對於周遭的人、環境，還有島村來說，那並不能當作不重要的事情敷衍帶過。這點程度的不同我也能分辨得出來。因為受到那種常識的阻礙而只能保持低調這件事也是。雖然我無法認同，卻能理解為什麼要那麼做。

不過，我在心想如果世界上有許多東西能消失該有多好的同時，也把現在的我跟島村會在這裡，這件在各種因素相互影響之下所生的事實當作珍貴的寶物看待。要是夏天沒有很熱，要是暑假沒有很長，就不會有現在。正是因為我們出生在那樣的地方，很巧地住在同樣的區域，然後偶然參加同所高中的入學考，還很幸運地兩個人都考上了。還有，因為課程很無聊。

就是有了這些因素，我跟島村才會在體育館的二樓相遇。

不論是以什麼樣的形式相遇，只要相遇了，那麼在過程當中，就有命運的存在。不管是哪種相遇方式，其中都會存在著相當可觀的過去。只有在兩百、五百……數百億個行動全部相加起來的情況下，人與人之間才有辦法相遇。這真是一段困難重重的過程。
只要做出一個不同的抉擇，我跟島村就沒辦法相遇了。
感覺光憑這件事實，似乎就能讓我徹底喜歡上至今為止的自己。

「我還真是完全被安達給騙了啊～」
「我沒有騙妳啊……」
我們在打完六局空氣曲棍球之後，便轉移陣地來到一樓的鮮堡裡喝茶。雖然已經過了中午，以午餐來說算有點晚，不過我們也順便在這裡吃了午餐。我打從一開始就沒有想過，要因為聖誕節就去認真挑一間對我們來說很高級的店。畢竟那種地方的氣氛不適合兩個女生一起進去，最重要的是考慮到價錢要分攤的話，根本就不可能有辦法去價格高昂的店。
我為了應付這種時候而有把打工的薪水存起來，所以有辦法請客，但島村一定會拒絕。單方面的好意也有可能害人產生顧慮。
「安達妳明明就超強的嘛。」
島村一邊拿起套餐的薯條，一邊讚美我。
剛才的戰績是四勝兩敗。我是拿下四勝的那個。島村的經驗似乎沒有帶來她所期待的效果。其實並不是我很強，是島村比我想像中的還要弱——這句話就算撕破我的嘴，我也說不出口。

「因為很有自信就把我找去欺負新手，妳還真有一套啊。」

「我不是那個意思啊。」

我揮手否定她的話語。島村這番話似乎也不是認真的，在最後又加上：「不過玩得挺開心的就是了。」

「打桌球的時候也是安達贏的次數比我多呢。」

「是嗎？」

雖然打桌球時的勝敗紀錄沒有統計得那麼詳細，但我贏的次數有比較多嗎？

島村看到我的反應後，裝傻地說：

「不對，果然還是我贏的次數比較多吧～」

「因為我不記得就竄改事實太奸詐了。」

我開玩笑地對她表達不滿以後，嘴角就立刻放鬆了下來。我的緊張情緒也已經減少到可以和她進行那樣的對話了。雖然心裡的緊張情緒沒有很聽話，所以沒辦法保證會不會因為什麼事情而失控，但現在的狀況很穩定。不過——因為我沒有那麼做所以只是個推測，不過要是我在店裡過度地東張西望，可能又會開始感到緊張或畏縮。畢竟幾乎所有的位子都是被男女情侶所占據。這種景象使我腦海中不禁浮現無視於自己立場、覺得大家還真是喜歡聖誕節的想法。

島村在用吸管喝過咖啡以後，雙眼便看向窗外的停車場。
「已經是好久以前……不過感覺起來沒有到『好久以前』那麼久呢。差不多是在四個月以前的事情了。」
島村所述說的那種感覺，我也有印象。只是溫度下降了而已，在那個體育館偷懶時的氣氛仍延續到了現在。感覺也有點像在看著過去的殘像。
「等到升上二年級，春天到來……陽光變強之後，妳又會再去體育館嗎？」
島村像是在試探般，看著我的臉提出這個問題。
說真的，和島村一起待在那裡讓我覺得很自在。我希望不是跟她一起被殘暑的高溫給熱昏，而是和她一起在春天的氣氛當中縮起身體進入夢鄉。這是我毫不虛假的真正想法。但島村並不希望那樣的情況繼續下去。
「去上個課，放學後來這邊……然後去樓上打個乒乓球應該還不錯吧。」
島村心滿意足地說聲：「一百分！」為我的答案打上分數。
「安達也完全是個模範生了呢。」
那是島村會錯意了。因為我只是跟她做一樣的事情而已。
「不過，升上二年級嗎……到時候也會重新分班呢。」
雖然島村似乎是不經意地說出這番話，但這件事對我來說是個相當嚴重的問題。
從今天開始，在上床睡覺之前都先祈禱未來可以跟島村同班吧。也要先培養好覺悟，好讓自己在跟島村分到不同班的時候也不會感到沮喪。

雖然就算同班，也幾乎不會在教室裡說話——是沒辦法跟她說話。

即使如此，島村出現在視線範圍裡還是會感覺到一股確實的安心感。我明明只是她朋友，卻會因為想像島村在我看不見的地方，逐漸交到許多朋友而感到不愉快。或許，我的嫉妒心很強也說不定。雖然過去都不曾自覺到這回事。

而且永藤的那件事情我也還掛在心上。要是分到不同班，那種事情是不是會更常發生呢？與其說我不希望那種情況發生，不如說我很害怕。因為那樣的話，感覺會讓我跟島村之間的距離越來越遠。

把剩下的咖啡在最後一口氣喝完以後，我們就離開了鮮堡。之後我們決定再上到二樓，坐到並排在電扶梯旁的兩張椅子上休息。

不知道島村是不是到最後都沒有覺得很熱，她到目前為止都還沒脫過外套。她一邊用視線追著來來往往的行人，一邊發呆。她微微伸直的雙腳偶爾會踢來踢去的，不禁覺得她這樣的舉動有些可愛。我的目光，總是會被島村偶爾在無意間展現的孩子氣舉動所吸引。

我心想現在這個時機應該不錯，於是決定在這時候把禮物拿給她。

「島村，這個給妳。」

我從包包裡拿出包上一層和風包裝的茶葉袋子，遞給島村。島村露出訝異的表情收下這份禮物，然後對我投以像是在說「怎麼會送我這個？」的眼神。

「想說……當作聖誕禮物。」

「這樣啊～」

島村很小題大作地感到驚訝。她把茶葉的袋子拿到面前觀察，眨了好幾次眼睛。

「嗯，謝謝妳。感覺還滿高興的。」

島村很難得像是很難為情般地抓著自己的臉頰。她的眼角也放鬆了下來，露出柔和的表情，同時把茶葉的袋子抱到胸前。島村這麼做讓我想起之前坐在她雙腳之間時的情景，使得我也跟著覺得很難為情。

「啊，這是很香的那個。我一直很想喝喝看這個。」

確認是哪種茶葉以後，島村的臉上就綻放出了笑容。日野提供的情報沒有出錯讓我安心了下來。

「不過，為什麼安達會知道我喜歡什麼？」

啊。

說得也是。正常來說我應該不會知道才對。

「巧合？」

「……不是。」

我老實地回答她。島村把手指抵在額頭上，一邊發出「嗯……」的聲音，一邊環望周圍。

就像是在回想什麼事情一樣。

「啊，妳是從日野那邊聽說的嗎？」

「呃……嗯。」

「讓妳費心了呢～」

島村開玩笑地伸手撫摸我的頭。這對我來說是最好的獎勵。

雖然我希望她可以再繼續摸而把頭往前探出，但島村的手馬上就離開了。啊啊。

「還真沒想到我們居然在想一樣的事情啊。」

「咦？」

「姊姊我就送一個禮物給有當個乖小孩的安達小朋友吧。」

島村從包包裡拿出一個東西。我在聽到島村說「禮物」的時候忍不住感到興奮，但一看見島村拿出來的那個東西，心裡的感動就暫時停下了動作。聖誕老人島村選的禮物讓我感受到一股衝擊。

「這是什麼？」

「迴力鏢。」

我還以為是壞掉的衣架。我收下V字型的藍色迴力鏢……迴力鏢。

「然後這個是護目鏡。」

我收下用來保護眼睛的護目鏡……護目鏡。

「這個是要在玩迴力鏢的時候戴上去嗎？」

「嗯。啊，在買迴力鏢之前我也有先去測試它好不好玩……還挺好玩的喔。」

「這樣啊……」

我不知道該怎麼做出其他反應。有禮物這件事，以及禮物的內容都讓我嚇了一跳。手上握著迴力鏢，我該感到感動，還是不該感動？

「因為我沒有挑禮物的品味，所以就去跟永藤商量要選什麼禮物，結果不知道為什麼就變成這樣了。妳有沒有覺得我果然還是找錯商量對象了？」

「永……啊……」

島村跟永藤一起走在另一間購物中心裡那件事——

原來是這麼一回事啊。

原來島村是為了我而去挑禮物啊。

先不論她選的禮物好不好，她這麼做真的讓我相當感動。我在理解事情原委而感到放心以後，為老實說就是在嫉妒的自己感到羞恥。明明島村是為了我而採取行動，我卻擅自嫉妒起來。

我把手放上島村的肩膀。我倆之間因此建立起一座不牢靠的橋樑。

「安達？」

對低頭不動的我表示懷疑的聲音傳入耳中。心裡有一瞬間萌生了「要是我就這樣順勢拉近她的肩膀，直接抱住她會怎麼樣」的衝動。那麼一來，我跟島村之間的物理距離就會無限趨近於零，但卻會讓我們之間的友情關係變得無限遙遠。

所以我忍住不那麼做，而是以島村的肩膀作為支撐，緩緩抬起頭。

我的臉頰散發著高溫，漲紅了起來。或許從旁人眼中來看，我已經是滿臉通紅了。

「謝謝妳，我會好好珍惜它。」

雖然我想這應該不是正確的使用方法，但我打算永遠把它擺在房裡當作裝飾。

假設——真的只是假設。假設未來有一天島村跟我不再有交集，我仍然會一直把它擺在房裡。

「能讓妳覺得高興就好了。」

老實說我並不歡迎迴力鏢到來。對我來說只有「這是島村送的」這個事實才是禮物。再加上禮物中還有聖誕節這個節日的涵義存在，光是那樣就已經相當足夠了。

抓著臉頰的島村一如往常地說聲「嗯，就先不管了」，高興地露出微笑。

「那就去外面丟丟看吧。」

「什麼？」

島村仍然維持著爽朗的笑容，提議說要去外面。

「我想說來把正確投出迴力鏢的方法傳授給安達。」

「沒……」沒那個必要。但在露出笑容的島村面前實在很難說出這種話。

接下來的約會時間……我的預定行程……在我還在不知所措的時候，島村就走向了下樓

的電扶梯。看來她是真的打算要玩迴力鏢……果然不管再退個幾百步來說，島村她「也一樣」很奇怪。

不過，一想到有可能就是因為她很奇怪，才會願意跟我這種人來往，就莫名地覺得很高興。從我會做出這種解釋讓自己接受這部分來看，我心裡的意見似乎早就已經是從腳尖到頭頂都全體一致了。

我快步追上島村，很快地說一句「可以嗎？」來徵求她的同意，然後握起她的手。

這麼一來就算走到外頭，也不會覺得冷了。

在購物中心前方那條道路對面、旁邊有汽車駕訓班的公園裡，除了我們以外沒有其他人在。放寒假的小朋友們應該都待在家裡打電動吧。生鏽的遊樂器材暴露在冬天的寒風中，上頭快要剝落的塗料一角因而製造出受到寒風吹拂的聲響。

就算是小時候，我也不記得有在冬天的這段時期來公園玩過。

在島村的觀看之下，我從袋子裡拿出藍色的迴力鏢。早上洗澡時弄濕的頭髮早就已經乾了，現在則因為風的吹拂而變得散亂。島村的頭髮也一樣被吹亂，而她現在正以一副覺得瀏海很礙事的模樣撥起頭髮。

「要先把迴力鏢往後傾。」

島村做出這段隱約像是直接轉述別人說法的說明，同時抓起我的手。這讓我嚇了一跳。

島村直接抓著我的手幫我調整迴力鏢的握法跟傾斜程度。這個迴力鏢馬上就立了一件功勞。

「要直著拿，然後往前丟出去。記得不要朝上面丟喔。」

教到這裡，島村就退開了。再教我一次——這種事情應該不可能實現吧……

我在發現自己忘記戴上護目鏡的同時，輕輕把迴力鏢丟了出去。

藍色的迴力鏢飛往群青色的天空當中。它在有如融入遙遠的大氣與陽光裡一般消失了一瞬間以後，便伴隨著鏢翼旋轉的聲響再度現身。迴力鏢彷彿是藉由蹬了空中的牆壁迴轉般飛回來，我打算接住它，但它卻往我的斜後方飛去。

我撿起掉落在圓形網狀遊樂器具旁的迴力鏢，拍掉上面的沙子。

……這好玩嗎？

「一開始玩大概就是像這樣吧。」

島村一副自己很精通迴力鏢似地給出評價。

「島村一開始玩有接住嗎？」

「一開始玩就是這個樣子啦。」

看來她也跟我差不了多少。是丟的方法還是角度不對嗎？

「不過穿旗袍的人來丟迴力鏢，看起來就會像電影裡的場景一樣，很美呢。」

被島村這麼說了以後，我再次察覺到現在自己所穿的是什麼服裝。這麼說來，我現在穿身後。

的是旗袍。往下一看，便發現腳從開衩的部分露出了大量的膚色，於是我連忙把腳收回來，接著為了遮羞而把迴力鏢丟出去。迴力鏢劃出和第一次時很類似的飛行軌道，再次飛往我的身後。

我撿起迴力鏢，疑惑地歪起頭來。

我只覺得丟迴力鏢是丟出去跟接住的兩種分開的動作而已。

這樣的話，那跟島村一起玩空氣曲棍球還好玩多了。看來這種遊戲不適合我。

「沒有很好玩？」

「唔……」

我以保守的方式肯定她的詢問。接著島村就看起來也不是那麼遺憾地小聲說了聲：「這樣啊。」

「唔……要不要現在回去那邊再買過別的東西？」

我一邊說著「不用了，不用了」一邊揮動迴力鏢。這個迴力鏢當中還存在著許多其他的價值。

島村看著藍色的迴力鏢左右晃動，說了聲「這樣」，看起來有些滿意似地瞇起雙眼。她的嘴角微微彎起，讓我覺得就好像是被姊姊注視著一樣。

「不過，還是回去吧。那裡面比較溫暖。」

島村如此提議之後，轉身朝往入口的方向。那個提議雖然不錯，但我心裡卻掛念著某些事情。我的心中有種東西像是在拉著我的頭髮般，對我提出忠告。

說：「只有在這個沒有其他人的地方，才有可能跟島村談比較深入的話題喔。」

的確，要是在有眾多情侶的地方，根本就沒辦法開口跟島村談愛情或戀愛之類的話題。

所以，我決定踏出這一步。就算沒有做好準備，就算差點失足。

「那……那個！」

向前踏出一步。讓自己的身體前傾到幾乎要跌倒，接近島村。

島村回過頭來，我握住她的手讓她手心朝上，攤開她的手指。我用雙手包覆住她的手，讓手指相互交纏。大概是因為自己的手被當作寶物一樣對待的緣故，島村看起來似乎正感到困惑。

「怎麼了？」

因為今天是聖誕節——這種簡單的理由促使我做出行動。

我的手指動作像是在摸島村的手相，使島村說了聲「好癢」，然後向她道歉。

「我……我……」

喜歡島村。

是這麼喜歡。

很喜歡。喉嚨緊緊地揪了起來，呼吸困難，嘴唇在顫抖著。

「我想當島村的……呃……想當島村的朋友……」

我妥協了。但考慮到我累積至今的勇氣存量，這樣就已經是極限了。

「我覺得我們已經是朋友了啊。」

島村露出困擾的笑容。我也覺得我們已經是朋友了，但我想要的不是那種朋友。

「我不是想當那點程度的朋友……」

我的內心被連自己也搞不懂是什麼意思的形容給玩弄，使得雙眼因而左右擺動。我想，用大小來測量朋友關係的程度應該是錯的吧。但事到如今已經無法收手了，於是我思考著接下來要說什麼話。

我所尋求的朋友關係。假設我要的不只是那點程度的朋友關係的話……

那就像迴力鏢一樣，前往更高的地方。

「我想成為……島村最要好的朋友。」

我再往前逼近一步，同時做出這段宣言。

「……最要好的？」

島村皺起了眉頭，不曉得是不是沒能掌握我話中的意思。感覺要是一直被她盯著看，我就會因而膽怯而說不出半句話，所以我決定在時間流逝之前全部告訴她，開口說：

「與其說是想當島村最要好的朋友，應該說，我……要努力當上島村最要好……的朋友。」

「是……是嗎……」

島村不是很清楚地點了頭以後，便面露複雜表情發出「唔……」的聲音。寒冷空氣使得身體抖了一下。

不知道島村是不是覺得耳朵跟臉頰很冷，她戴上了外套上的帽子。啊，她那樣還真可愛──她戴上帽子的模樣讓我不小心看得入迷。

「雖然我不是很懂妳的意思，不過我覺得有上進心是件好事。」

「嗯……」

她看起來確實是不懂我的意思。但不曉得島村究竟把我低下頭的動作解釋成什麼意思，她伸出手來摸我的頭。我自然而然彎起膝蓋，稍微大膽地將身體往前傾，甚至讓自己的頭幾乎就要碰上島村的下巴。島村不發一語地用肩膀支撐住我的頭。

為了不讓島村的手和肩膀離我而去，我緊緊抓住她衣袖的手肘部分。

我就這樣靠在她身上，閉上了雙眼。

有種握在手上的迴力鏢鏢翼在黑暗彼端振翅飛翔的錯覺。

逐漸融入天空的藍色殘影，深深烙印在眼睛的深處。

「…………………………」

我們兩個在公園裡，因為寒風的吹拂而微微顫抖，同時摸著對方的頭，以及被摸著頭。

這是一段極為幸福的時間。至少對我來說是如此。

並不會因為今天是聖誕節，就發生戲劇性的事件。

但我在聖誕節時和島村一同度過這樣的時光。這件事所含的特殊意義，就是我期望得到的東西。

所以，其實從跟島村碰面的那一刻起就已經是最幸福的狀態了。

從一開始就已經在最高點了。剩下的，只不過是為了花上一段很久的時間，享受從高處所見的景色，並且平安無事地走下山，所以才會打空氣曲棍球、喝咖啡，還有送禮物。雖然事情因為迴力鏢的關係而變得有點奇妙，但以我的角度來看算是進展得很順利。

雖然距離今天結束還有一段時間，但我確信今天的計畫非常成功。

島村的手指梳著我的頭髮。

……今天這一天，肯定不會成為美好的回憶。

因為腦海裡不斷變得一片空白，根本沒有那個餘力去記住今天發生的點點滴滴。

就像是白雪遮蔽住景色一樣。

唯一清楚記得的，就只有曾出現過「白色相簿」這件事。

附錄「社妹來訪者3」

「接下來換往右邊～」

「滾來滾去～」

「………………………………………」

「接下來換左邊～」

「滾來滾去～」

「……那邊那個自稱六百幾十歲的，那是我的棉被。」

在旁邊看著我們的姊姊露出覺得傻眼的表情。我現在才察覺到，這麼說來——

因為今天房間裡也很冷，所以我把身體鑽進捲起來的棉被裡面，只露出頭。棉被的另一端則是小社把身體露在棉被外。然後我們就這樣滾來滾去在玩。

順帶一提，小社不知道是什麼時候來到我們家的。回去的時候也會在不知不覺中就不見人影。真不可思議。

「那樣好玩嗎？」

「會變得很溫暖喔。」

小社一邊跳來跳去的一邊這麼說。她在棉被裡的腳也一直踢來踢去，有點痛。

姊姊仍然帶著覺得傻眼的表情，把頭轉回電視的方向。

「那還真是太好了。」

「島村小姐要不要也一起來？」

「雖然光用看的可能看不出來，不過我也是很忙的。」

靠在無腳椅上呆呆看著電視的姊姊不知道在說什麼鬼話。

我們也很忙啊。我們可不是單純輕輕鬆鬆地在翻滾。

要是不跟小社同心協力的話，就很難順利翻滾。還有訣竅在於要翻滾的時候要去意識到上下位置，要去感覺到由上到下、由下到上的這種力道流動。這很重要。

滾來滾去滾來滾去。在姊姊的身後滾來滾去。保有著相當大的餘裕，在牆邊改變方向。滾來滾去滾來滾去，滾到窗邊，然後被說了一句「啊啊！煩死人了！」的姊姊給制止了。

棉被被姊姊用腳夾住了。雖然我跟小社一起用跳的試圖掙脫，卻沒有任何效果。

「妳這是在做什麼！」

「我倒想問妳們到底在做什麼。」

「我們在取暖。」

「是在取暖是也。」

我搭著小社的順風車一起回答。姊姊嘆了口氣，像是虛脫般露出垂頭喪氣的模樣。

過沒多久，就有個聲音在比我們還要高的地方響起。

「喔？有電話。」

姊姊不改姿勢，直接用爬的過去，然後拿起隨便放在桌上的電話。在確認打過來的人是誰以後，姊姊便接起電話說：「喂？」接著她就直接利用膝蓋走到房間外面。

「唔。」

「唔唔唔。」

因為姊姊跑掉了，於是我默默離開了棉被。小社也動作緩慢地爬了出來。之後我們就直接坐到姊姊的棉被上。小社拿掉了圍巾，不知道是不是因為身體熱起來了。

「雖然圍圍巾很溫暖，不過脖子會覺得刺刺的呢。」

「是嗎？」

聽她這麼一說，就發現小社的脖子周圍都變得紅紅的了。她是皮膚很脆弱嗎？

不曉得是不是在跳起來的時候飛起來的，小社身上散發出的光芒跟灰塵一起在空中飄舞。現在的小社身邊依然飄著從水藍色頭髮飄散出來、輕飄飄的像鱗粉一樣的光芒。一把手指靠近光芒，光芒就像真正的小昆蟲般輕輕站上我的指尖。我不想讓光芒掉落下來而小心翼翼地把手收回來，結果光芒在途中就突然消失了。我再次用手指去接近小社的頭髮，接住水藍色的光芒。

在我這麼做的過程中，小社轉動她大大的眼睛追著我手指的動作。

「小社的這個是什麼？」

我詢問小社關於手指上這個光粒的問題，隨即小社便疑惑地歪起了頭。

手指上的光芒在我們這麼做的期間內再次融入冬天的空氣中，消失不見。

「這我也不清楚呢。要去問問看當作我原型的人才知道。」

「原型？」

我有時候會聽不懂小社在說什麼……意思是要問爸爸媽媽才知道嗎？

「小社的爸爸也是一樣的髮色嗎？」

「他沒有頭髮呢。」

「唔唔唔……小社的爸爸是光頭嗎？」

「光頭？」

小社也對我提出疑問。看來小社的爸爸不是光頭……是禿頭嗎？

「那媽媽呢？」

「當然沒有。」

媽媽也是禿頭嗎……這應該不可能吧？唔……小社有好多讓人搞不懂的地方。

不過小社感覺起來不太像是在說謊的樣子。

那為什麼會搞不懂呢……唔……是因為小社是外星人嗎？

可是眼前的事情是在地球上發生的。既然這樣，就不可能會搞不懂。

「很好很好，那就由我來幫妳解開奧秘吧～」

「奧秘？」

小社晃動自己的頭。對，我就是指她一動就會飄出來的那個東西。

「就由我來徹底究明這個光芒中所暗藏的奧秘吧。」

我為了要強調「由我來」這幾個字而敲打自己的胸口。「呃唔！」手指去敲到骨頭之間的縫隙害我嗆到了。小社晃動頭部，緩緩地用視線去追逐從自己頭上冒出的光芒。她一晃頭就會不斷冒出光芒，讓我有種光芒會無止盡地一直跑出來的感覺。

不曉得是不是追到一半膩了，小社把雙手交叉在胸前，擺出目中無人的態度。

「小同學妳真的有辦法解開這個光芒的奧秘嗎？」

「我可是曾在理化考試拿過一百分的人喔～」

「喔～」

小社一副心感佩服似地點了頭。不過，總覺得她好像不是很了解我在說什麼。是因為她頭部的動作看起來很輕盈，才會讓我這麼想嗎？

「那麼，我就把這個給妳吧。」

小社扯下了兩根頭髮。她一邊喊著「好痛啊」一邊拔下來的那兩根長髮與其說是頭髮，不如說那看起來就像是線一樣。兩根彷彿內含露水的水潤頭髮受到暖氣吹出的風吹拂，柔順地飄動著。小社的手指上還捏著那兩根長髮，伸手抓住了我的手。手突然被她抓住害我嚇了一跳。
小社就這樣伸直我的食指，然後把剛才拔下的頭髮繞在上面。
水藍色的頭髮順著我的手指關節綁了起來。
小社綁的是跟她頭髮一樣的蝴蝶結，只要動一動手指，綁在手上的頭髮就會像在振翅一樣飄動。
小社突然直直指向手指上這隻蝴蝶。
「然後有件很驚人的事情，就是如果妳不解開光芒奧秘的話就解不開它！」
「真的假的！」
「哼哼哼……」
小社目中無人地發出笑聲。看她這樣就讓我很想去試試看能不能解開它，差點就要伸出手去拉開蝴蝶結。但我總覺得要是把這隻蝴蝶解掉，就再也不會停到手指上了。
因為覺得可惜，而收回了在半途中的手指。
手指上的蝴蝶就像是在為此感到高興一樣，拍了拍翅膀。
「呃……嗯，馬上解開的話也要跟這傢伙說再見……」
我直直指向小社的鼻子。當然，連水藍色的蝴蝶也一起飛到她的面前。
這隻蝴蝶現身在不屬於牠的季節中。從牠身上飄落的鱗粉，散發著和小社雙眼相同色彩的光芒。

「給我做好覺悟吧，小社！」

「呵呵呵……話說小社是誰啊？」

於是，我對小社的挑戰就此開始。

雖然這場戰鬥說穿了，是場極度有勇無謀的戰鬥。

滿分的大腿

我伸個懶腰抬頭看向時鐘時，發現再過十分鐘今年就要結束了。雖然在新的一年開始時也不是說有什麼事情，但倒是會覺得差不多該睡了。要是一直把臉朝上的話，感覺會去吃到或吸到飄在空氣中的灰塵，所以我先收起下巴看向前方。

二樓的倉庫兼用來讀書的房間，就像是屬於冰箱的一部分一樣寒冷，坐在房間裡面會覺得很難受。冷成這樣會害我很想躺下來，讓脖子以下都躲進暖爐桌裡。不過我告誡陷入懶散狀態的自己說，要是冷到會想躲進暖爐桌的話，還不如把參考書收一收回房間裡睡。要補救課業落後的部分也是件難事。

我現在的心情就像三年寢太郎一樣。不過算是不幸中的那個什麼的，應該就是我的興趣不多吧。（註：「三年寢太郎」是日本一則民間故事，內容是指一名看起來很懶惰的男子睡了三年以後，利用灌溉拯救村子旱災的故事）

正因為不會發生眾多有興趣的事情一起來搶奪注意力這種事，我才有辦法讓自己維持在有時間可以念書的狀態。

「居然會在過年的時候念書，我也真是變成了一個超認真的學生啊。」

在這麼自我吹噓以後，我馬上就打了一個否定那種說法的大哈欠。

就算說今年要結束了，也沒什麼實際感受。是因為新年之後一個禮拜就是第三學期的緣

故嗎？實在是沒有一年結束了的感覺。反倒是四月升上一個年級的時候，還比較會讓我有新的一年開始的感覺。這或許是在當學生時才能感覺到的特殊感受。

我重新握起自動鉛筆，心想過了午夜十二點就把東西收拾好去睡覺，可是手機卻在這時候響了起來。雖然姑且是有把手機一起帶來，但因為它至今一直保持沉默，所以它突然發出聲音時讓我嚇到了一下。

我從自己設定的傳統電話風格鈴聲來判斷出是收到了郵件。我把自動鉛筆丟到一旁並拿起手機來確認，發現是安達傳來的。她居然會傳郵件，還真難得。明明平常有重要事情，她大多都會直接打電話。

『妳還醒著嗎？』

郵件內文就只有這樣。可能是因為現在是深夜，她才沒有打電話吧。

「我醒著喔～」

要是我沒有醒著的話她也不可能會收到回覆，我這樣跟她說有意義嗎？雖然我心裡這麼想，卻還是寄出了回覆。寄出去之後才正要放下手機，就立刻又收到了郵件。

『可以打電話給妳嗎？』

結果還是要打電話的樣子。安達今天的做法有點婉轉呢。雖然我正打算回覆她說「可以啊～」，不過應該不用回覆，直接由我打電話給她就好了吧。我取消這封郵件，從通話紀錄當中找尋安達的電話號碼。我馬上就找到她的電話號碼，然後按下撥號的選項。我在聽到鈴聲等待她接起電話的過程中，因為開始覺得上半身都要結凍了，就躲進暖爐桌裡面。差不多在我把棉被重新蓋到肩膀上的時候，安達就接起電話了。

「喂？妳好，妳要打電話給我也沒問題喔。」

我搶在安達開口前，直接說出對她那封郵件的回覆。在一小段間隔以後，安達輕聲笑了出來。

『沒想到島村居然會打電話給我，真難得。』

「我才是幾乎不曾收過妳的郵件……所以，妳有什麼急事嗎？」

『不是有急事，呃……只是想打電話給妳一下而已。』

「是喔。」

我翻了個身。我轉身把右臉朝下，讓手機墊在耳朵下面。

可以聽到從樓下傳來了電視的聲音。看來父母他們還醒著的樣子。

『妳在看電視嗎？』

「可能吧。」

『咦，為什麼說得像事不關己一樣？』

我默默隱瞞我剛才在念書的事實。雖然我很訝異，自己居然會對於被人以為很認真感到排斥，但我在學校觀察周遭的人時，發現似乎大部分的人都是那樣的心態。

這是不是青春期時普遍會有的心態呢？雖然也不是因為大家都那樣，就能弄清楚我排斥

的理由就是了。總之這個年紀的人，應該就是會莫名對自己拚命去做某件事感到羞恥吧。

因為會覺得表現得從容一點看起來比較厲害。

「話說妳知道嗎？」

『知道什麼？』

「再過十分鐘多一點點今年就要結束了。」

『我知道……那島村在新年的時候會做什麼嗎？像是去親戚家之類的。』

「是會去祖父家打個招呼，但是就只有那樣而已。」

『會拿到壓歲錢嗎？』

「啊，那種東西我以前……也拿過……呢。」

我再一次翻身。不管怎麼動都沒辦法決定好頭要放在什麼位置。如果是柔軟的坐墊，把頭放上去會很不安穩。果然還是安達的大腿柔軟度跟高度躺起來最舒適。

『島村？』

「啊，抱歉，我剛剛想起安達的大腿了。」

『什麼？大……大？腿？』

「那真的很不錯呢。」

『大……毀……啊……啊，是……是喔？這這這樣……啊……』

「再回到剛才的話題，壓歲錢……安達妳有在聽嗎？」

磅磅磅地，一陣像是在床上踢著腳的聲音傳入耳中。她是不是在學跑到陸地上的蝦子，玩得正開心呢？我想像那個畫面，想像裡的安達皮膚就變成了深紅色。

「妳怎麼了？」

『還說我怎麼了，還不是因為……島村妳……』

她說的話斷在讓我很在意後續的地方。現在可不是顧著在那邊唔唔唔的時候喔，安達。

「咦，我？我怎麼樣了？」

『……妳剛才那是性騷擾？』

「雖然我覺得對話好像銜接不起來，不過那不是性騷擾唷，很普通啦，普通。」

如果只是大腿的話，不管是誰都會誇獎啊。

「那，剛才是在聊壓歲錢的事情嗎？」

『那個話題……就算了。』

「是嗎？」

那該聊什麼呢？我們之間產生了沉默，只聽得見安達的呼吸聲。在講電話的時候，我很不喜歡這種空白時間。這就像「說點什麼吧？」「不不不，妳來說點什麼啦」那樣在互相推卸責任的感覺，所以我沒辦法喜歡上這種沉默。

『……為什麼會想到大腿？』

「啊，妳要把話題拉回大腿嗎？」

『因為妳說得那麼突然，我很在意啊。』

嗯，或許是那樣沒錯。我自己也是一樣，要是安達突然開始朗讀起〈島村的腿〉之類的詩，我也會覺得很恐怖。不過我倒是想讀一次安達寫的詩。感覺詩裡面會充滿少女心。

「因為我在想安達的大腿躺起來很舒服。啊，因為我現在躺著，所以才會想到。」

『這樣啊……原來是這樣啊。』

「就是這樣喔。」

安達的反應聽起來很像是不知道該怎麼做出評論。這是當然的。我拿掉墊在頭底下的坐墊，把臉頰直接貼到地面上。讓臉頰感受到跟身體的溫暖呈現對比的冰冷，就覺得這樣的溫度差很舒服。我看著自己披散在地面上的頭髮，煩惱著該怎麼處理頭髮。最近頭頂的部分出現了一些黑髮。

該去重新染過，還是放著不管讓它變成布丁呢？而且家人對褐髮的評價都很糟啊……

『妳覺得要讓它變硬，還是變軟比較好？』

安達突然提出一個莫名其妙的問題。

那什麼奇怪的問題？我很不清楚地做出「咦？」的反應之後，安達就開口繼續說下去。

『我在說大腿。在想島村覺得怎麼做比較好。』

大腿的柔軟度說要改就能改的嗎？應該說原來她有辦法回應我的要求嗎？那什麼奇妙的優惠啊？

這感覺就好像在拉麵店裡決定麵條粗細的時候一樣。特粗？普通？我想像安達深蹲下來之後下半身幾乎要爆裂開來的模樣，因為那模樣實在是太不均衡，讓我覺得做出這種想像很失禮，於是抹去了剛才的想像畫面。

我不想在現實世界中看到O型腿，而且只有腳部異常粗大的安達同學。

對方是安達的話有可能會做出極端的舉動，所以我沒辦法輕易開口。

「嗯……維持原樣比較好吧？」

維持現狀就好了。現在的安達（的大腿）比較好。我如此回答。

在隔一小段空檔以後，安達做出了回覆。

『我會讓自己不變胖。』

「不過我覺得如果是安達的話，應該要先擔心別變瘦吧～」

真是讓人羨慕到不行。這次的新年我也限制自己不要老是吃年糕好了。

「對了對了，妳送的茶我有在喝喔，謝謝妳。」

『我也……呃，還滿常在用迴力鏢的。』

她說了句會讓我很想回她「怎麼用？」的話。是拿去狩獵嗎？

『啊，新年了。』

被安達這麼一說，我也受到她的影響跟著抬頭看向時鐘。兩個指針確實是重疊在十二的地方，不過距離換日也只過了兩三秒而已，虧安達她有辦法那麼準確地察覺到啊。

該不會她其實一直在盯著時鐘看吧。

「要來新年問候一下嗎？」

『嗯。』

我慢慢爬出暖爐桌。在我做好準備之前，安達就先開始問候了。

『祝妳新年快樂。』

「我也一樣，祝妳新年快樂。」

我在端坐起來之後向她敬禮。我想安達應該也正在床上端坐著吧。結束問候以後我立刻再躲回暖爐桌裡。這樣下去真的有辦法走回一樓的棉被裡嗎？我開始覺得有些不安了。因為二樓的走廊比這裡還要更冷。

『今年也請妳多多指教。』

「嗯。」

然後，再度迎接沉默。已經聽不到樓下的電視聲音了，他們應該差不多要睡了吧。

電話裡外都充滿了寂靜。隔了一段空檔以後，安達說：

『那，我差不多要睡了。』

她那麼說讓我稍微輕鬆了點。講電話果然會讓肩膀變得僵硬。

「是嗎？那好吧。晚安，安達。」

『晚安……道晚安說不定還不錯……』

「妳說不錯是指？」

『啊，沒什麼，沒什麼……』

她的聲音像是逃跑似地逐漸遠離，然後結束通話。最近的安達老是這樣慌慌張張的啊。

小心妳的聯絡簿上會被寫說妳是個急性子喔——這種玩笑話就先放在一邊。

「她是不是只是想要做一下新年問候而已？」

我在放下電話之後，就開始去仔細思考她打電話來的理由。這可能是我的壞習慣。

這也是安達要成為她所說過的「最要好的朋友」而採取的行動嗎？

像是最先跟我新年問候這樣。只要是第一名的話什麼都好嗎？

——最要好的朋友……嗎。

「其實我覺得要那樣還滿簡單就是了。」

畢竟我幾乎沒有朋友。就算是現在，她應該也足以稱作是我最要好的朋友吧。

話雖如此，感覺就算我跟安達說她是我最好的朋友，她也不會開心到哪裡去。

或許我的「最要好」的定義跟安達認為的「最要好」雖然是同樣的詞，不過實際上卻是位於不同的高度。雖然我的「最要好」就像是去附近的便利商店一樣可以輕鬆抵達，但安達的目標可能位於會讓人心想，要是沒有長翅膀就無法抵達的高空。我開始覺得安達是因為每次遇到我就會仰望那樣的目標，所以才會常常做出一些有點奇特的舉動。安達究竟對於「最要好」——對於我有什麼樣的奢望呢？

雖然說是這麼說，但我們都活在名為「普通」的延長線上。不管是從今以後，還是明天以後，都是一樣。

如果沒辦法飛翔的話，就只能用走的來往目標邁進。不論是理所當然會走過的道路，還是充滿困難的艱辛道路，都是一樣。

要是覺得那樣會很痛苦，那至少就跟朋友一起走吧。那麼做，一定也能暫時忘記痛苦的存在。

「我們兩個今年也都好好加油吧。」

我自言自語地說出忘記告訴她的一句話，然後抱著莫名的充實感蓋上了參考書。

「……才剛說完就這樣啊。」

我真的有心想要努力嗎？我開始感到有些懷疑了。

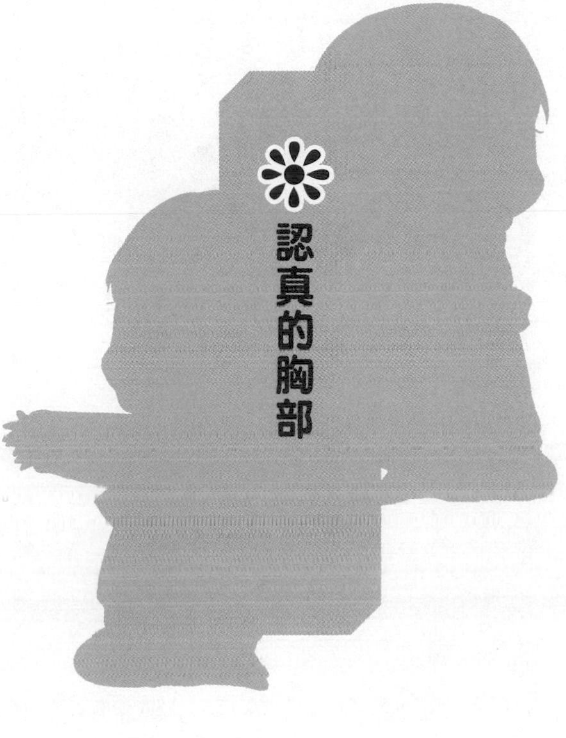

認真的胸部

我想只要想一想我對島村的胸部有什麼感想，大概就能知道是怎麼回事了。

我對島村的好感究竟是哪種好感，可以藉由這點來判斷出來。

距離來到新年，已經過了約十分鐘。沒想到新的一年最先開始思考的，居然是有關島村胸部的事情。雖然這段考究感覺像是在開玩笑，不過這是很重要的一件事情。

我會想要看島村的胸部嗎？

雖然是理所當然的，不過我不曾看過島村的裸體。而且因為我也不曾去上游泳課，所以連她穿泳裝的樣子都沒看過。我詢問自己是否會想看島村的胸部，以及她的裸體和穿泳裝的模樣。

「唔……」

我端坐在床上，把手指貼在額頭上認真思考。我想，十分鐘前都還在跟我講電話的島村應該也想像不到，在講完電話之後自己的胸部會被人拿來研究吧。

一直到迎接新年那一刻為止，都被我盯著看的時鐘響著秒針滴滴答答的聲音，那聲音聽起來莫名清楚。

我想像出島村的身影，然後讓想像中的她脫掉上衣。這讓我覺得自己這樣根本就是變態，感到有些自我厭惡。我不氣餒地繼續讓她脫掉制服，變成只有上半身呈現穿著內衣的狀態。

內衣的花樣跟顏色是在換季之前曾隱約看見過的那種，是綠色的……等等，不用重現到那麼詳細也沒關係。問題在這之後。也就是我會不會想拿掉她的內衣看她的胸部。

如果是無論如何都想看的話，那我對她的好感應該就是屬於「戀愛」。這麼一來，怎麼看都會是個問題。不過以父母的角度來說可能會是個大問題。而且要是我跟島村說我想摸她的胸部，她也會對我敬而遠之。所以如果可能的話，我希望不要演變成戀愛的感情。

雖然我決定要嘗試去徹底分析——

但心情比想像中的還要平穩，讓我覺得意外。

我沒有感覺到心裡有「不想看」這種強烈的排斥感。但說到會不會想搶在任何人之前看見的話，我自己分析出來是覺得沒有會想做到那種地步的衝動。先不管島村的胸部沒有表現出強烈的存在感，說到底要是我真的有那種欲望的話，那我應該從以前就都老盯著她的胸部看了才對。

但是我身上沒有出現那種徵兆——大概。不對，是一定沒有。

什麼嘛，我也出乎意料地還算普通人不是嗎？正因為自己到目前為止的舉動跟想法都很不正常，所以才會不由得感到放心。

因為這表示我不是用「那種眼光」來看待島村。我往後躺到床上，伸展身體。

我看著擺起來當裝飾的迴力鏢，同時不禁露出微笑。

總覺得莫名有種得到解放的感覺。我對島村的感覺只是純粹的好感，只是以一個人類的角度去喜歡島村而已。既然如此，那我應該也沒必要特別感到畏縮或去在意他人的眼光吧？察覺自己所抱有的好感真面目為何，甚至會讓我樂觀到這種地步。我回想起跟島村講電話的那段時間，無法克制住臉上的微笑。

「說晚安……還真不錯呢。」

雖然不是很確定自己為什麼會覺得很不錯，但可以感受到有種滲透到心底的感覺。甚至會讓我很想天天聽她那麼說。

雖然她突然誇獎我的大腿讓我慌了一下。我坐起身子，隔著睡衣去撫摸自己的腳。既然她說維持現在這樣比較好，那我就只能努力維持現狀了。不增也不減。不過具體來說該怎麼做才好呢？要先去量一量腿圍是多少嗎？可是……

我趴到床上，把臉埋進枕頭裡。以現在的我來說，就算像這樣撲到島村的胸口上應該也不會有問題。畢竟我很……普通……

「……臉？胸口？」

把臉……貼到胸口上。

我從床上跳了起來。眼前的枕頭和背景一同晃動。

這是怎麼回事？超級難為情的。臉頰熱到甚至會覺得頭痛。不過臉頰熱跟頭痛之間有關聯嗎？

「咦？咦？」

我搗著臉，對這無法理解的狀況感到困惑。為什麼明明沒開暖氣，我也覺得很熱？

我再次去面對想像中的島村。她穿著制服，是冬季的。沒有脫衣服。我把視線放到要說有隆起的話還是有的胸部上，嘗試把自己的臉靠上去。我才剛全身顫抖地把眼部貼上她的胸部中間，身體就向後仰了。現實中的我也像是跌坐在床上一樣癱坐著，頭部散發著高溫。要是頭上有能讓熱氣或蒸氣噴出來的孔，那肯定早就在噴氣了。

「——怎麼可能……」

我當然沒有感受到碰到胸部的觸感。真要說的話，就是有感受到在洗自己身體時候的那種感覺吧。我完全不曉得那是什麼樣的觸感。換句話說，我只是因為一個完全虛構的想像，就出現了這麼明顯的反應……應該是個普通人的我，為什麼會這樣？

我這次試著不把臉貼上去，而是伸手去摸。即使對方只是我想像中的人，我還是不禁緊緊閉上雙眼。我緊閉著雙唇，同時把手放到想像中的島村胸部上。手放上去的瞬間，我就以坐著的姿勢跳了起來。身旁數次揚起了灰塵，我看著灰塵飛舞，隱隱約約地理解到一件事。

不是用臉才不行，是不管用哪裡去碰都不行。

不，與其說是不行……果然還是不行。那會讓我墮落。

會出現這種過度反應，也就是說——

我雖然沒有想看，但是卻想摸摸看的意思？咦，那是怎樣？

「咦……什麼……這是怎麼回事？」

我苦惱得抱起頭來。這一點也不普通啊。這很不正常嘛。完完全全就是個大問題。

早知道在得出一開始的結論時，就停止繼續探求下去。一個太開心就不小心害自己往莫名其妙的方向發展了。這只是我一時錯亂，到了明天就不會再有這種想法。真的嗎？

才正開心地以為自己是普通人，就被打了一巴掌。完全就只是我自己在唱獨角戲。

這就叫做適得其反嗎？

「真要說的話應該是……自掘墳墓？」

拚命挖開牆壁，以為自己逃出來而感到高興時，才發現逃出來的地方也有監獄。

我依然遲遲無法讓我的煩惱以及島村離開腦海。

後記

安達的立場就跟《少年阿貝》裡面的小芝麻一樣。（剛剛決定的）

所以還請各位邊想像安達被島村抱在腋下的模樣，邊閱讀本書。

然後就算是現在去看小芝麻都還是覺得牠好可愛。我很能了解坂田哥的心情。（註：《少年阿貝》為日本搞笑四格漫畫及動畫，小芝麻以及喜歡小芝麻的坂田哥皆為其中登場人物）

話說回來，這故事到底誰才是主角？

大家好，我是入間。我跟入間市沒有關係，總覺得有些對不起各位。而且也已經有岐阜太郎了（在市公所之類的文書範例上）。

最近我迷上了Xbox360的《當個創世神》。我在想要不要來做個巨大棉被捲怪雕像，所以正在持續收集紫色和天藍色的羊毛方塊。這個遊戲可以去探險地下溪谷或是海底洞穴等，讓人充滿冒險意志的地方，非常有趣。雖然一開始玩的時候，有出現３Ｄ暈眩症就是了。

還有，雖然完全沒有關係，不過我最近重新在玩《尼爾：人工生命》的時候，才終於發現到約娜的聲優跟藤和女女（40）是同一個人……畢竟兩個都是妹妹角色嘛！聲優真的很厲害呢。

我很感謝明明就沒有寫自傳，卻開心到極點地跟我說「如果因為自傳體散文闖出名氣的話該怎麼辦？」的老爸，也就是我父親，以及威脅溫柔的兒子說「不用附上媽媽的照片也沒關係」的溫柔母親。

非常感謝各位閱讀本書。

如果下次出了《安達與島村》第三集（會有嗎？），還請各位再多多指教。

入間人間

說謊的男孩與說謊的女孩 1～11、I 待續

Kadokawa Fantastic Novels

作者：入間人間　插畫：左

這是被摧毀夢想與人生之後，
阿道與小麻之女的命運——

問題父母所生下的問題雙胞胎姊妹。在她們居住的小鎮，發生了一起連續殺人案。而雙胞胎姊姊說：「犯人是我妹。」

——嗳，小麻，這次是關於我們孩子的故事喔。

各 **NT$180~300/HK$50~78**

我們不懂察言觀色 1~2（完）

Kadokawa Fantastic Novels

作者：銀 鏡鉢　插畫：ひさまくまこ

讓不懂察言觀色的我們籌劃婚禮？
自由自在的邊緣人們上演的學園破壞系愛情喜劇！

小日向刀彥無視在場氣氛的言行已稱得上是一種災害了。看不下去的學生會長下令，要他與同樣不懂得察言觀色的遺憾系美少女們組成志工社，學習人情世故。隨著解決委託而羈絆更加堅定的志工社，這次要在校慶上替班導師舉行婚禮!?

各 **NT$200/HK$65**

目標是與美少女作家一起打造百萬暢銷書!! 1~2 待續

Kadokawa Fantastic Novels

作者：春日部タケル　插畫：Mika Pikazo

當菜鳥編輯正為天花新作的插畫家傷腦筋時
總編卻安排天使與惡魔比稿大對決!?

清純開始幫天花完成的愛情喜劇小說物色插畫家，此時未曾謀面的總編卻幫他介紹了兩位插畫家來比稿，一位是超人氣、溫柔善良、長得正又準時交稿，宛如天使的大咖插畫家陽光小姐，另一位卻是跩個二五八萬且作畫品質不穩定的歪凶魔……

各 **NT$200~220/HK$65~73**

短篇小說創作集
妳我之間的15公分
Short Stories
15 cm between you and me
Kenji Inoue, the others &
Miho Takeoka, the others
Presents
作者 井上堅二 等
插畫 竹岡美穗 等
Kadokawa Fantastic Novels

P.S.致對謊言微笑的妳 1~2 待續

Kadokawa Fantastic Novels

作者：田辺屋敷　插畫：美和野らぐ

榮獲第29屆Fantasia大賞〈金賞＋評審特別賞〉
鮮明強烈的科幻青春戀愛故事。

我與風間遙香真正邂逅了。一度取回的平靜生活卻沒有持續太久，某天我的手機開始收到奇怪的簡訊——「那個男的居然讓我扮成這羞死人的樣子……！」「希望正樹忘記浴室的事。」然而之後竟然發生與簡訊內容一樣的事情，簡直就像簡訊預知了未來……

各 **NT$200~220/HK$65~75**

六號月台迎來春天，而妳將在今天離去。

Kadokawa Fantastic Novels

作者：大澤 めぐみ　插畫：もりちか

為什麼非要等到一切都太遲時，
才能說出最重要的那句話？

茫然憧憬著都會生活的優等生香衣、「理應是」香衣男朋友的隆生、學校裡唯一的不良少年龍輝、為了掩飾祕密而扮演香衣摯友的芹香。四人懷有自卑感、憧憬、情愫和悔恨。在那個車站，心意互相交錯，但人生中僅有一次的高中時光仍持續流逝……

NT$220/HK$75

三個我與四個她的雙人遊戲

Kadokawa Fantastic Novels

作者：比嘉智康　插畫：服部充

當三重人格的男孩遇見四重人格的女孩，
織成了純度100%的愛情故事。

一色華乃實與囚慈、θ郎和輝井路三個人格相依為命的市川櫻介隊在高中重逢，提議重玩他們在小學時玩的多重人格遊戲，並且聲稱想實現這些人格以前的夢想。囚慈在這段不可思議相處中喜歡上了華乃實，但是，在第二度的流星雨之夜，他們迎來的是——

NT$190/HK$62

國家圖書館出版品預行編目資料

安達與島村 / 入間人間作 ; 哈泥蛙, 蒼貓譯.
-- 初版. -- 臺北市 : 臺灣角川, 2014.03-
冊 ;　公分
譯自 : 安達としまむら
ISBN 978-986-325-842-1(第1冊 : 平裝). --
ISBN 978-986-366-181-8(第2冊 : 平裝)

861.57　　103001640

Kadokawa
Fantastic
Novels

安達與島村 2

（原著名：安達としまむら 2）

2014年10月14日　初版第1刷發行
2024年5月27日　初版第9刷發行

作　者：入間人間
插　畫：のん
日版設計：鎌部善彥
譯　者：蒼貓

發行人：台灣角川股份有限公司
總　監：呂慧君
總編輯：蔡佩芬
主　編：林秀儒
編　輯：黎夢萍
設計指導：陳晞叡
美術設計：黃永漢
印　務：李明修（主任）、張加恩（主任）、張凱棋、潘尚琪

發行所：台灣角川股份有限公司
地　址：104台北市中山區松江路223號3樓
電　話：（02）2515-3000
傳　真：（02）2515-0033
網　址：www.kadokawa.com.tw
劃撥帳戶：台灣角川股份有限公司
劃撥帳號：19487412
法律顧問：有澤法律事務所
製　版：巨茂科技印刷有限公司
ISBN：978-986-366-181-8